짱똘 구르는 소리
Ver 2.0

짱똘 구르는 소리 Ver 2.0

발행일   2019년 11월 20일

지은이   강용호
펴낸이   손형국
펴낸곳   (주)북랩
편집인   선일영   편집   오경진, 강대건, 최예은, 최승헌, 김경무
디자인   이현수, 김민하, 한수희, 김윤주, 허지혜   제작   박기성, 황동현, 구성우, 장홍석
마케팅   김회란, 박진관, 조하라, 장은별
출판등록   2004. 12. 1(제2012-000051호)
주소   서울특별시 금천구 가산디지털 1로 168, 우림라이온스밸리 B동 B113~114호, C동 B101호
홈페이지   www.book.co.kr
전화번호   (02)2026-5777   팩스   (02)2026-5747

ISBN   979-11-6299-954-7 03810 (종이책)   979-11-6299-955-4 05810 (전자책)

이 도서의 국립중앙도서관 출판예정도서목록(CIP)은 서지정보유통지원시스템 홈페이지(http://seoji.nl.go.kr)와
국가자료공동목록시스템(http://www.nl.go.kr/kolisnet)에서 이용하실 수 있습니다.

강용호 에세이

짱뚱

구르는 소리 Ver 2.0

2+2=4

북랩 book Lab

목차

I. 짱똘네 가족

II. 회사에서 모임에서

Ⅲ. 일상 이야기

I

짱똘네 가족

우리집 커튼이 바뀐 날

어제 막내 딸년의 문자가 떴다.
〈아빠! 오늘 커튼 바뀠음! 알써?〉

이게 뭔 말인고 하면, 내가 우리집에 뭔 변화가 있어도 잘 감지를 하지 못해 집안 인테리어가 취미인 박 여사를 열 받게 하는 일이 다반사이므로, 아빠에게 미리 힌트를 주는 것이다.

내가 생각해도 참으로 이상한 것은, 회사에서는 액자 하나만 바뀌어도 귀신같이 알고, 종이컵 무늬가 바뀐 것만 봐도 그냥 지나치지 않는 편이며, 정신없는 회사 창고에 뭐가 들락거리는지도 딱 보면 아는데, 집에만 오면 왜 그런지 당최 모를 일이다.

언제부터인가 집에 형광등을 갈아야 한다든지, 뭔가 기능적인 작업이 필요한 경우의 일들은 내가 직접 해 주지만, 단순 노동 또는 인테리어에 관한 일, 이를테면 가구를 이리저리 옮긴다든지, 벽지를 바꾸고 가구에 시트를 붙여서 색상을 바꾸는 일 등에는 도통 관심이 없기에 박 여사가 딸년들과 함께 다 알아서 한다.

얼마 전엔 이런 일이 있었다.

집 베란다에는 흔들의자가 하나 있었고, 가끔은 거기 앉아서 담배를 피우곤 했는데, 하루는 담배 한 대를 피우려고 베란다에 나가보니, 허걱! 흔들의자가 없었다.

"여기 흔들의자 치웠나?"
물었더니, 박 여사가 기가 찬 듯이 내뱉었다.
"그거 치운 지가 일주일이 넘었구먼, 쯧쯧…. 며칠 동안 쭈그리고 앉아 담배 피우더니만, 그런데도 그걸 여태 몰랐냐?"
꿍~. 갑자기 머리가 띵~해왔다.

"근데, 힘만 무지하게 센 언니야! 그걸 어디에다 치웠냐? 무지하게 무거웠을 텐데?"
울뚝뺄을 비비 꼬아 비아냥을 해주었는데, 돌아오는 답은 되로 주고 말로 받았다는 표현이 딱 맞는 것이었다.

"웅! 무거워서 멀리는 못 버렸는데, 잘 찾아보면 어디선가 나타날걸! 다른 집 서방들은 마누라가 미장원만 갔다 와도 예쁘니, 파마가 잘빠졌느니 어떠니 한다던데 당최 짱똘루 선수는 무슨 정신으로 사는 건지…"

다음 날 아침.
출근하느라고 엘리베이터를 누르고 기다리면서 무심코 뒤를 돌아다보았는데, 헐~ 거기에, 계단실 옆에, 흔들의자가 버티고 있었다. 시바!

며칠 동안 출퇴근을 하면서 엘리베이터를 탔건만, 이놈의 의자가 둔

I. 짱똘네 가족

갑술을 쓴 건지, 그땐 왜 안 보이다가 이제사 나타난 건지. 뭐 이런 일이 다 있나 싶은 게 내가 생각해도 기가 차서 콧방귀도 안 나왔다.

어쨌든, 어제는 딸년의 도움도 받았겠다.
'한방에 만회하고야 말리라!'
의지를 불태우며 집에 입장하자마자, 엄청나게 과장하는 톤으로 말했다.
"어이쿠~ 커튼을 싹~ 바꿨네. 봄이 오긴 왔나 봐! 때깔이 화사하고 좋네! 박 여사 고생했겠네~ 호호호…."

그러자 갑자기 박 여사와 막내 딸년이 뒤집어졌고 이어지는 박 여사의 멘트는,
"거봐라, 아빠가 이렇다! 커튼을 진짜로 바꿨는지 장난인지도 모르는 거야! 으이구~~ 진짜로 커튼 바꾸게 얼른 카드나 꺼내봐 봐!"

으잉~ 이건 또 무슨 햄버거에서 미나리 튀어나오는 소리? 이제야 유심히 째려보니, 낯이 많이 익은(?) 커튼 그대로였다.
헐~ 이런 캐망할 일이 있나. 여태껏 믿었던 막내 딸년까지 내 편이 아니었다니. 닝기리~.

커튼 바꾸는데 얼마가 들지 모르지만, 돈이 문제가 아니라 박 여사와 딸년의 합동작전에 당한 심적 피해가 엄청나게 컸다.

나는 어젯밤에, 뒤통수 맞고 완전, 좆되부럿돠! 끙~.

삐쩍 마른 체질들

우리집 구성원들을 체형 체질적으로 구분하면, 크게 둘로 나눌 수 있겠다.

나와 두 딸년은, 우량아(?)스러운, 통통한, 토실토실한 체형인 반면, 박 여사와 강아지는 날씬하다 못해, 비쩍 꼴은 체형이고, 아무리 먹어도 살이 찌지 않는 체질이다.

어떤 사람들은 체중을 줄인다고 야단법석들인데, 우리집은 누구도 다이어트나 그 비슷한 시도를 전혀 하지 않는다.

두 딸년에 대해서는 먹성이 하도 좋아 약간의 조절을 유도할 뿐, '뚱뚱해도 좋다! 건강하게만 자라다오!'라는 캐치프레이즈로 잔병치레 없이 아주~ 건강하게 키워 왔으며, 나는 이러한 성공 부분에 대하여, 늘~ 자랑스러워하고, 뿌듯해한다.
또한, 나 자신에 관해서도 가끔은 불룩한 배를 놀리거나 지적하는 할 일 없고 쓸데없는 사람들도 있지만, 나 자신은 전혀 개의치 않는다.

내 전용 코디네이터인 박 여사의 지론에 의하면,
"짱똘 선수는 얼굴에 살집이 이만큼 없으면, 없어 보일 수 있고, 체형적으로도, 배라도 요만큼 나와주지 않으면, 옷 태나 스타일 면에서 품위가 없어 보인다!"

라는 것이고, 나 또한 그리 불만이 없는 상황이란 거, ㅎ.

한편, 날씬한 두 구성원 박 여사와 강아지는 실제로는 먹성도 아주~ 좋고 건강한 편인데 타인의 선입견에 의하면 내가 굶기거나, 스트레스를 주는 거로 오인되기가 십상인 모양이다.

어제 오후에도 동네 한 바퀴 산책을 나가 우리집 강아지 똘이를 함께 끌고 다녔는데, 이놈이 좁쌀만 한 게 한 성격을 해서 사람에게는 절대로 아니지만, 다른 강아지를 보면 종류나 크기를 불문하고 무조건 사납게 덤비는데, 이상하게도 다른 강아지들이 '깨갱' 한다.

그러면, 자기네 강아지가 창피하게 우리 애한테 맥을 못 추는 꼴을 보는 사람마다 볼멘소리로 한마디씩 한다.

"이 녀석 다이어트를 심하게 시키나 봅니다!"

"원래 개를 굶기거나, 묶어서 키우면, 사나워지지요. 밥 좀 먹이세요!"

나는 이럴 때마다 상당히 억울하다.

강아지의 건강학상 문제를 인식하여 다른 음식은 거의 주지 않지만, 개 사료를 엄청나게 잘 먹고 아주 잘 싸고, 온 집안을 치외법권 지역으로 뛰어다니게 잔병치레 없이 잘 키워 왔는데, 나를 애를 굶기고 스

14

트레스 주는 사람으로 치부하는 게 짜증난다. 쩝.

토요일은 동창 모임으로 고려산에 갔는데, 만난 놈들마다 박 여사를 보며 한마디씩 했다.

"짱똘아! 날씬한 것도 좋지만, 맨날 너만 맛난 거 좋은 거 처먹고 다니지 말고 박 여사 좀 챙겨라!"

"너 집에서 아직도 군기 잡고 스트레스 주냐?"

"너 아직도 밖에서 바람 많이 피우지? 박 여사가 니 바람기에 고민거리가 많아서 점점 말라 가는 거 아니냐?"

나는 진짜로 억울하다!

어제 일요일 하루만 해도 박 여사는 실컷 늦잠을 주무시느라고, 아침 식사만 빼고 점심 저녁도 잘 드시고, 중간중간에 고구마를 오븐에 구워서 드시고, 새참으로 비빔국수를 해서 드시고, 초콜릿통, 과자박스 옆에 끼고 소파 점령해서 연속극 재방송 다 보시고, 저녁때는 치킨 한 마리 시켜서 열심히 잘 드시고 계시기에 내가 조용히 한마디 했다.

"그렇게 잘 드시는데 당최 왜 살이 안 붙으시나? 동창 애들이 오해해서 얘기하는 거 들었지? 어떻게든 살 좀 찌워봐라!"

"특히, 가슴살 좀 찌워라! 요즈음 니 가슴팍 뼈다귀에 부딪혀서 내 갈비뼈가 많이 배기거든? 원활한 부부생활을 위해 그쪽에라도 살 좀 붙여주면 안 되겠니?"

이렇게 말하고 있는데 마침 티브이에서는, 〈동물의 왕국〉이 방영되고 있었다. 박 여사가 TV를 보면서, 음산한 표정으로 한마디 했다.

"우리도 그러면, 저렇게 한번 해 볼까?"

TV에서는 동물들의 짝짓기가 다양하게, 그러나 다들 똑같은 한 가지 모양으로 소개되고 있었다!

라스트 모히칸

어제 아침에 통장 아줌마를 만나 난데없이 민방위 얘기를 하다 보니, 그 옛날(아! 옛날이여!) 마지막 민방위 훈련 날의 사건이 생각났다.

어느 날 집에 들어가니, 박 여사가 웬 쪽지를 내 코앞에 들이밀었다. 앗! 민방위 훈련 소집 통지서였다. 나는 무심코 탁자에 던져 놓으며 말했다.

"박 여사님께서 평소에 하시던 대로(?) 대리출석 잘해 주시지요!"라고.
그러자, 박 여사의 말씀은,
"이번이 마지막일지도 모르는데, 유종의 미를 거두시지?"

허걱~ 마지막? 내 나이가 벌써?
갑자기 충격적인 기분이 엄습해 오고 어디선가 많이 들어오던 말씀,
"남자는 예비군 훈련이 끝나고 게다가 민방위 훈련까지 끝나면 사회적으로 쓸모가 끝난 폐품과 같다!"
라고 하던 선배들의 말씀이 생각나며, 기분이 참으로 더러웠다!

그러나 내가 누구인가?
'이렇게 무너질 수는 없다!'라는 생각이 치밀며, 마음이 급해졌다.

박 여사에게,

"츄리닝 어딨어?", "국방색 잠바가 안 보이네?"

호들갑을 떨며, 집안을 발칵 뒤집어 마지막이 될지 모르는 훈련 준비를 마쳤다.

그런데 마지막 훈련 날 전야에 친구에게 전화가 왔다. 평소 같았으면 득달같이 달려갔을 요청. 골프 멤버가 펑크 났으니, 땜빵으로 나와 달라는 부탁을 국가의 부름 받은 몸으로서 일언지하에 거절하고 술도 마시지 않은 상태로 경건하게 귀가했다.

회사에도 말했다.

"낼 민방위 훈련이니깐 내가 없더라도 알아서들 일해라! 오케이?"

집에 오자마자 시계마다 알람을 맞춰 놓고, 경건한 마음으로 잠자리에 들었다.

잠자리에선 소풍 가기 전날 분위기.

'낼 교육은 무얼까? 인공호흡법? 응급 처치법? 헌혈차도 오는 건가? 도시락도 싸가야 하는 거 아닐까?'

드디어 당일 새벽 5시, 알람도 울리지 않았는데 눈이 딱 떠졌다. 샤워를 하고, 준비된 훈련복(?)을 착용하고, 아직 남은 시간을 아침 뉴스나 보면서 지루하게(?) 기다렸다.

이윽고 6시 땡~ 소리가 나자마자 집결지인 단지 내의 초등학교로 향했다. 많은 사람들이 학교를 모이고 있었고, 나는 크게 심호흡을 하며 라스트 모히칸의 임전무퇴 자세로 보무도 당당하게 학교로 걸어갔다.

그런데 이상했다. 학교로 들어가는 사람이 많은 반면에, 돌아 나오는 사람도 많았다. 마치 일개미들의 행진처럼.
'이게 무신 조화일꼬?' 생각하며 학교에 들어선 순간, 딱 한눈에 그 이유를 알아낼 수 있었다.

우리의 늠름한 민방위 대원들은 운동장 전면의 자기 동네 피켓 앞으로 가서 잠시 줄을 서서 통장 아줌마에게 참가증만을 달랑 제출하고는 그대로 집으로 돌아가고 있었던 것이었다.

나는 갑자기 뚜껑이 열려서 통장 아줌마에게 따지듯 물었다.
"이게 끝인가요? 다른 훈련은 없나요? 헌혈차도 안 왔나요?"

통장 아줌마는 내 말은 들은 척도 하지 않고 내 통지서를 부욱~ 째서 반쪽을 주더니, 언능 집에 가라는 손사래를 쳤다.

아! 마지막 민방위 훈련이 이게 뭔가? 휴가까지 냈는데 이 아침에 뭘 하라고? 존내 우울한 기분으로, 어제 통화했던 친구에게 핸드폰 때렸다.

"너네, 오늘, 티업이 몇 시라구?"
그러나 친구가 귀차니즘 목소리로 말했다.

"멤버 겨우 다 채웠다. 쨔샤!"

아! 이런 망할. 이럴 수가. 그러나 나는 용기를 내어 다시 물었다.
"근데 니들 뒤풀이는 어디서 할 거냐?"

그날 나는 친구들의 위로주를, 라스트 모히칸 영화를 상상하며 벌컥벌컥 마시다 완전 꽐라 되었다.

소주병 따기

어느 날 저녁 시간, 거실에서 엄마, 아빠, 20대 후반의 큰 딸년이 함께 TV를 보고 있었습니다.

문득, 큰 딸년이 한마디 하는데,
"아빠! 우리 소주 딱 한 잔만 할까?"

젊은 시절 과도한 음주문화로 인하여 술에 관한 한 거의 그로기 상태에 있으므로, 건강상의 애로사항을 고려하여 요즈음 들어 술을 자제하고 있던 아빠는, 아니꼬운 눈초리로 큰 딸년을 보면서 한마디 대응을 합니다.

"시집도 안 간 처녀가 격 떨어지게, 무슨 소주 타령을 하냐? 냉장고에 맥주 한 캔 있드라, 그거나 마시고 빨랑빨랑 일찍 자라!"

그러나 큰 딸년은 순순히 말을 듣지 않고,
"맥주 말고, 소주 마시면 안 될까? 맥주 마시면 배부르고 살쪄. 아빵~ 소주 사러 슈퍼 가자! 응?"

아빠는 딸년이 소주를 먹겠다고 개기는 꼴도 탐탁지 않은데, 더군다

21

나 이 밤에 소주를 사러 가자는 땡깡에 열이 받을락 말락 했습니다.

그때 마침, 막내 딸년이 집 앞 데이트를 마치고 집에 들어 온다는 전화가 왔습니다.
전화를 받은 아빠는, 왜 이리 늦냐고 잠시 의례적인 잔소리 후에, 아주~ 꼬운 티를 내며 비아냥 투로 이렇게 말했습니다.

"막내야 집에 들어올 때 슈퍼에 들러서 소주 한 병만 사 와라! 언니께서 소주 한 잔이 먹고 싶으시단다!"

옆에 있던 엄마가 전화기를 날렵하게 인터셉트 한 후에,
"치킨도 하나 사 와라! 돈 없으면, 배달해 달라고 그래라!"

엄마는 이 밤에 따로 술상을 차리기 싫어서 잔대가리 포석을 멋지게 펼쳐 보이는 데 성공한 겁니다.

잠시 후, 막내 딸년이 소주를 사 오고, 거의 동시에 치킨이 배달되고, 거실에서 간소한 술판이 벌어졌는데 아빠가 잠시 TV 뉴스에 집중하는 동안 엄마 한 잔, 막내 한 잔, 큰 딸년은 세 잔을 홀라당 비웠습니다.

남아 있는 소주는 얼마 안 되는데, 뒤늦게 아빠가 이걸 보시고 술자리의 스톱 싸인을 보내시기 위해 급히 소주병 뚜껑을 찾아서 꽁꽁 막아 버렸습니다.

아빠가 아무리 꽁꽁 마개를 닫아도 다들 열 수 있지만, 자존심을 세워드리기 위해 아무도 함부로 열지 않았습니다.

며칠이 지났습니다. 밖에서 열 받는 일이 있으신지, 아빠가 씩씩대며 퇴근하셨습니다.

저녁 밥상머리에서, 아빠가 불현듯 엊그제 먹다 남긴 소주를 찾으셨습니다. 소주를 한잔하시려는 듯, 소주병 마개를 열려는데 잘 안 열려서 내는 꽁꽁 소리가 가족들은 다 들립니다.
결국은 열지 못하시고, "에이~ 참자!" 그러셨습니다.

엄마가 조용히, 소주병을 들어서, 끙! 힘 한번 썼는데 가볍게 열립니다. 엄마가 나지막이 나무라는 한마디 멘트를 날립니다.
"당신은 왜, 맨날, 병뚜껑을 거꾸로 돌리시나?"

그러나 딸년들은 분명히 보았습니다. 아빠도 분명히 그 방향으로 돌렸던 걸. 두 딸년이 조용히 일어나 아빠의 두 어깨를 안마해 드리며, 한마디 해드렸습니다.

"아빠! 뭐 열 받는 일 있수? 소주는 원래 완샷을 폼나게 해부려야 제맛이잖아! 확 털어 넣어!"

아빠는 소주 석 잔을 연거푸 들이켜시더니 밥상 옆으로 꼬꾸라지셨습니다. 그런데 아빠의 얼굴은 히죽히죽하고 있었습니다!

23

그날 아빠를 뺀 가족회의에서, 앞으로 아빠가 소주병을 꽁꽁 닫아 놓으면 누구든지 발견하는 대로 느슨하게 열어 두기로 결의를 했답니다.

우리 회사 여직원의 얘기를 듣고 내가 쪼금 각색해 보았는데, 머지 않은 몇 년 후, 어쩌면 우리집 얘기가 될지도 모르는 풍경 아닐까?

짱똘 구르는 소리 ver 2.0

너희들?

우리집 박 여사와 나는 나이가 같다. 동갑!

어느 연예인들처럼 부러운(?) 띠동갑이 아니고 같은 해에 태어난 호랑이띠 동갑인데, 정확히 생년월일을 따지고 들면 아내가 6개월이나 누나뻘이 되므로 연상의 여인이랑 산다고 볼 수 있겠다.

평상시 대외적으로는 남편의 사회적 위치를 생각하여 존댓말도 하고 공경스런 말투인데, 집안에서는 이게 상황이 좀 달라진다!

특히 술이 한잔 들어가면 얼굴색이 시뻘건 모양으로 변하면서 숨소리가 약간 거칠어지고 눈이 게슴츠레 변하고 날리는 멘트가 예사롭지 않다!

"야이 쨔샤~~."
"헤이 짱또루~~ 따샤!"
"이론이론 또옥바루 해라잉~~."

대략 난리 부르스 상황이 전개되지만, 오히려 이건 귀엽게 봐줄 만하다. 너나 할 것 없이 술도 한잔 들어갔겠다. 막 가자는 판이니깐 그냥 넘어가 준다.

그러나 아주 또랑또랑한 정신 상태에서 딸년들과 같이 TV 보고 군 것질을 하면서 뒹굴거리고 있을 때 요즈음 들어서 자주 듣는 소리. (어제 일욜날 오후에도 분명히 들었음!)

"너희들 말이야! 고만 좀 어지르고 좋은 말로 할 때 치울 건 좀 치워라. 어쩌구저쩌구~." (잔소리성 멘트 대략 5분 중간 생략)

"너희들은 말야! 앞으로 뭐 처먹구선 이렇게 늘어놓으면 어쩌구저쩌구." (협박성 멘트 대략 1분 중간 생략)

요 대목에서 나는 조용히 졸고 있는 척 또는 TV나 열심히 보는 척 외면하는데 어제는 가만히 생각을 해보니,

"너희들~~"이라는 2인칭 다중 대명사의 범주가 아주~ 모호한데 여기에 내가 포함된 걸루 봐야 하나?라는 생각이 들었다.
아마도 그런 것 같지?
요새 집에서 오래 개기다 보니(?) 발생하는 역기능으로 아무래도 조만간 뭔가 특단의 조치가 필요할 것 같다.

소파맨

나만 이런 습성이 있는지 어쩐지 모르겠는데, 이상하게도 집에 있다 보면 영락없이 거실 소파에 파묻혀 살게 된다. 화장실 갈 때 잠시를 빼곤 숙식을 포함한 모든 일을 거기서 해결하게 된다.

주말에 비가 오거나 다른 스케줄이 없으면 어김없이 소파 전체를 차지하고 누워서, 때론 키득키득 거리고 때론 눈시울을 붉혀가며 지나간 재방송 드라마와 비디오를 독파한다.

어쩔 땐 야시시한 비디오를 보다가 뭔가 치미는(?) 게 있어서 한밤의 작업(?)까지 도전하지만 그건 매번 실패하고 있다.

이유는 아내와 수면 바이오 리듬이 서로 달라서인데, 혼자 쩝쩝대다 가 허전한 마음에 강아지나 껴안고 잔다! 끙~.

그렇게 오랫동안 소파에서 개기다 보면, 물소 가죽, 통가죽 같은 소파는 땀이 차서 짜증이 난다. 그래서 나는 언제나 천 재질의 소파를 선호한다.

이렇게 늘 소파에 파묻혀 살기에 집에선 '소파맨'으로 불린다.

'슈퍼맨', '소파맨' 듣기에 따라서는 발음이 좋다!

원래 소파 생활을 많이 즐기기도 했으나 이렇게 집요하지는 않았는데, 애들이 커 가면서 부동의 내 자리였던 소파가 위협받는 일이 많아지니 더 집착하게 된다. 요즈음은 한번 자리를 떴다가 곧바로 자리를 빼앗기는 현상이 자주 발생한다.

일어나라고 사인도 주고, 밀쳐도 내 보지만 잘 안되니 결국은 싸 짊어지고 개기는 수밖에 없다.

어쩔 땐 화장실이 급해 죽겠는데도 끝까지 자리를 지키며, 정말 참을 수 없을 땐 돈으로 해결한다. 애들을 단체로 심부름 보내는 게 제일 좋은 방법이다. 아이스크림을 사 오게 한다든가 문방구에 다녀오게 한다든가 별의별 작전을 다 쓴다.

그래도 한밤중에는 온전한 내 차지였는데, 어젯밤 야간 등산을 다녀와서 밤늦게 귀가를 하니 막내 딸년이 떠억~ 소파를 차지하여 버티고 자고 있었다.

갑자기 아랫도리에 힘이 쪽 빠졌다. 거실 바닥에 누워 밤새도록 뒤척이며 자다가 출근했는데, 여기저기가 쑤시고 으슬으슬하고, 영~ 컨디션이 다운되어 기분도 좋지 않다.

오전 내내 겔겔대다가 조금 전에 집에 박 여사에게 전화를 했다. 목소리를 최대한 깔고 심각한 톤으로 말했다.

"앞으로 밤에 소파에서 누가 자면 집에 안 들어간다! 알써?"

28

분명 내 딴엔 협박조의 멘트였다. 그러나 요새 코 평수가 커진 박 여사의 멘트는 나를 압도했다.

"그래? 자알~ 되았네! 짱똘 스탈에 딱~ 맞는 거 하나 봐뒀는데, 사무실에 소파 하나 사서 보내주까? 천으로 된 좋은 거 하나 인터넷에서 찾았는데 톡으로 사진 보내줄게. 함 보구 연락해!"

뚝! (전화 끊어버리는 소리)

이건 뭥미?
이걸 진짜로 사 달래야 하는 건가?
당최 기분이… 아주~ 재섭네! 쩝.

29

옥에 티 찾기

예전 일요일 아침 방송 중, 영화나 TV 드라마의 '옥에 티'를 찾는 프로그램이 있었다. 나와 딸년들은 일요일 아침마다 이 프로그램에 집중하여 참여하곤 했었다.

나는 '옥에 티'를 찾는 데 선수다!
우리 애들은 나를 부러워했지만 사실은 직업병이다.

우리가 주로 수행하는 행사는 의전 행사. 일상어보다 훨씬 정제된 언어를 구사해야 한다.

나는 업무적으로 직원들이 행사 시나리오나 대본을 구성해 오면 이를 검토하고 바로 잡아줘야 하는 역할이다 보니, 일상생활에서도 대화에 신경이 쓰이고 일일이 이를 지적하게 된다.

우리의 일상이나 방송을 가만히 들여다보면 옥에 티가 많이 발견되는데, 미리 각색되고 검토된 드라마보다는 뉴스나 대담 프로그램을 자세히 보면 붙이지 않아도 될 '사족'들이 많이 붙어있어 늘 신경이 쓰인다.

내가 어떤 모임에 참석을 하면 각종 욕지거리와 비속어를 마구 버무려놓은 장광설의 수다빨을 올리고, 딴에는 유머스런 글을 쓴다며 맞

춤법이나 글의 형식적인 면을 일부러라도 은근히 파괴하곤 하는 것은
직업병에 대한 반동심리일지도 모른다.

어제는 태풍 소식에 아무것도 못하고 오랜만에 TV 삼매경에 빠졌
는데, 뉴스마다 태풍의 진로와 각 지역의 태풍 피해 소식이 전해졌다.
그런데 아나운서의 멘트가 맘에 안 들었다.
"생명에는 지장이 없다고 합니다. 다행이 아닌가 싶습니다."

생명을 건질 수 있게 되었으면 "다행한 일"이지 "아닌가 싶습니다."는
또 뭐냐? 다행인지 아닌지 그게 판단이 안 선다는 말인가?

모 프로그램의 사회자는 방송이 끝날 무렵에 이렇게 말했다.
"출연하신 모든 분들에게 감사드리겠습니다."
"감사드립니다."라고 하면 될 걸, 왜? "감사를 드리겠다."라고 말할까?

엄격히 말하면, '감사드립니다.'는 현장의 감사 표시이고 '감사를 드리
겠습니다.'는 드릴 예정이라고 이해될 수 있는 거 아닌가?

출연자들이 감사하면 그 감사의 정을 즉석에서 현찰로 지불할 일이
지, 당최 왜? 나중에 주겠다는 것인가? 카드 긁는 습관이 배었나? ㅎ.

이번에는 TV에서 피로 회복제 광고가 나왔다. 피로 회복제를 마시
면 뭐가 좋다는 건가? 피로는 물리쳐야지 그 피로를 다시 회복을 시
켜서 어쩌자는 말인가!

31

한편 나의 계속되는 궁시렁에, 옆에서 조용히 지켜보던 박 여사와 딸년이 드디어 곱빼기로 열이 받은 모양이다. 제발 안방에 들어가서 혼자 조용히 놀아 달라는 명령 비슷한 요청을 해왔다.

에휴~ 아는 게 병인가 보다. 이래서 선각자는 외롭다!
하기는 사사건건 태클을 거는 내 말들이 아무 생각 없이 살고 싶은 우리 식구들에게는 사족으로 들릴지 모른다. 우리 식구들은 나를 거의 환자로 취급하는데, 그럴 만하다고 나도 인정한다.

나는 휴일에 집구석에 처박혀 있지 못하는 일종의 '폐소공포증'과 '토 달기 증후군'이란 직업병에 시달리고 있다.

집안 청소를 했는데

지난 주말 아직 산에도 못 가고, 자전거도 못 타고, TV 보기도 신물 나고 무척 심심했기에 큰맘 먹고 집안 대청소를 실시했다.

나는 가끔 미친 척(?)하고 이럴 때도 있다.

소파 밑, 베란다, 침대 밑, 화장실까지 온 집안 구석구석 샅샅이 먼지 끌어내고 서랍장 및 다용도실 잡동사니까지 정리정돈. 모든 걸 뒤집어 청소 및 정돈을 하고 나니 집안 전체에 푸릇한 향기가 나고 아주~ 뿌듯 개운했다.

마침 놀러 온 막내 처제가 함께 고생했으니 핑계 김에 회식이라도 해야 할 분위기였기에 열심히 일한 우리는 중국집에서 배달시켜 몇 가지 음식을 화려하게 차려 놓고 우리끼리의 작은 축제를 벌였다.

모두들 맛나게 먹으면서 오늘의 대역사(?)에 대한 공치사가 차례대로 한마디씩 읊어지고 있음에도 불구하고 가만히 보니 우리집 박 여사는 논평 패스.

오늘의 대단한 나의 수고(?)에 대하여 칭찬은커녕 일언반구 언급이 없었다. 심통이 난 나는 한마디 질러 주고 싶었으나 좋은 분위기를 깨

I. 짱똘네 가족

지 않으려 조용히 물었다.

"박 여사께서도 오늘의 대청소에 대한 평가를 한마디 해야 하지 않을까? 하하하!"

나는 내 요청에 대하여 박 여사가 이렇게 말할 줄로 기대했다!

"아차! 그렇군! 맛나게 먹느라 칭찬이 늦었어. 오늘 모두들 무지하게 수고했어! 특히나 아빠가 무지하게 수고했다매? 호호호."

그러나 박 여사의 대답은 나의 예측을 완전히 빗나가 이렇게 씨부렸다!

"나는 말이야 이렇게 청소를 해주는 것도 좋지만 말이야, 그러기 전에 어지르는 인간들이 없었으면 좋겠어! 어지르는 인간들이 없으면 이렇게 수고를 하지 않아도 되니 얼마나 좋아? 지난주에 아빠가 입원하고 막내가 여행 갔을 때 말이야 그 일주일 내내 별다른 청소도 하지 않고 살았는데 그럼에도 불구하고 치울 것도 별로 없이 너무너무 정리가 잘되어 있었고 집안이 아주~ 깨끗 깔끔했어요! 결론적으로 보면 이렇게 땀 흘려 열심히 청소하기보다는 애당초 어지르지 않는 게 우리집 환경미화의 지름길이란 말이지. 쯧쯔."

이 말을 들은 나와 막내는 조용히 분리수거 물품을 들고 집을 나와서 대략 정리해서 버려 주었는데, 나랑 막내만 먹는 소주병이 많이도 나왔다.

왠지 바로 집에 들어가기 싫어서 둘이 아파트 놀이터에 자리 잡고 오랫동안 그렇게 말없이 하염없이 앉아 있었다.

담배 하나 꺼내 물었을 때 막내가 말했다.
"아빠! 우리 말이야! 우리끼리 집 한 개 더 사서 이사가면 안되나?"

나는 막내의 두 손을 꼬옥~ 잡고 영화 속 명대사를 읊어 주었다.
"너나 가라 하와이~."

톨게이트에서

집에서 힘차게 회사를 향해 출발.
의왕~과천 고속도로를 타고 열심히 출근길을 달려간다.

이 도로는 내가 참으로 좋아라 한다. 주변 경관이 널널한 곳은 널널
하게 어떤 곳은 강원도 두메산골 같은 기분도 들고 요즘은 단풍도 그
럭저럭 볼만하며 경사도는 좀 있으나 급회전 구간은 거의 없다!

언제나 그러하듯 출근 시간 톨게이트 앞은 차들이 밀려 엉켜있다.
하이패스가 널널했던 것도 이제 옛말이다. 이럴 땐 하이패스를 패스
(?)하는 게 훨 낫다!

천천히 적당한 일반 차선으로 옮겨가서 대가리를 들이밀고 전진, 밀
고 나간다.
헉스. 내 앞의 차 두 대가 첨예한 신경전을 벌이고 있는데 우리 라인
이 다른 라인보다 진도가 늦어질 듯! 이런 경우 살짝 열 받는다.

결국은 내 앞의 하얀 렉스턴이 빨간 엑스쥐를 밀고 앞으로 나간다.
원래는 엑스쥐가 유리한 형국이었는데.
나는 그 뒤를 바짝 따라 엑스쥐를 또 한 번 죽여줄 수 있는데 그 순

간 엑스쥐 언니랑 눈이 마주쳤다. 불쌍한 눈망울로 흑!

이런 경우 어쩔 수 없이 눈을 질끈 감고 양보해준다. 저 눈망울을 쌩~까구 앞서나간 렉스턴은 인간도 아니다! 라고 생각하면서.

어찌어찌 게이트 앞으로 다가갔다. 스탠바이 자세로 전환하기 위하여 갑자기 바빠졌다. 엑스쥐 언니랑 눈 맞추치느라 쬐께 늦었지만 그래도 숙달된 동작에는 빈틈이 없다!

여태껏 듣던 교통방송 아웃. 씨디 틀고 볼륨 높이고 동전은 분명히 있지만 만 원짜리를 찾아 꺼냈다!

내가 가끔이지만 4번 게이트를 고집하는 이유는 하얀 미소의 그녀가 있기 때문이다. 하얀 이빨이 이쁜 그녀. 귀가 고급스러운 그녀.

창문 내리고 만 원짜리 한 장을 우아하게 내밀었다. 차 안에서 울려 퍼지는 음악 소리가 들렸는지,

"어머! 오늘은 JK 김동욱이군요!"
"예. 제가 이 친구 노래를 좋아라 합니다!"

준비된 지폐와 동전을 내 손바닥에 올려놓고 역시나 그 하얀 미소를 흘리며 마지막 초식 하얀 멘트가 날아온다.
"즐거운 하루 되세요!"

나는 엉겁결에 하이파이브를 신청했는데, 그녀가 내민 내 손을 꼬옥 잡았다!

　기분이 좋아 주책없이 헤벨레~ 하는데 갑자기 배가 무지하게 아파 왔으며 이윽고 박 여사의 카랑카랑한 목소리가 들렸다. 회사에 다 왔으니 빨랑 잠 깨고 내리란다!

　박 여사께서 운전하는 차를 타고 출근하는 날은 조수석에서 하릴없이 꾸벅이며 졸다가 꼭 이런 개꿈을 꾼다. 근데 조용히 흔들어 깨우거나 불러서 깨우지 않고 꼭 이런 식으로 폭력을 사용하는 건 뭥미?

　얼마나 세게 때렸는지 명치끝이 오전 내내 얼얼하다. 아무래도 오늘은 즐건 하루가 되기는 글렀다!

동해로 일출여행

바야흐로 연말이다.

우리집 박 여사는 매년 연말을 들뜬 기분으로 즐겁게 보낸다.

작년엔 더더욱 그러했는데 대망(?)의 '정동진 해돋이 여행계획'이 수립된 상태였기에 콧소리가 절로 나오는 무한 행복의 나날 그 자체였다.

부부간에 간혹은 어쩔 수 없이 서로 다른 성향이 나타나기도 하겠지만 여행에 관한 태도에 있어서 우리 부부는 전혀 다른 기호를 나타낸다.

나는 피치 못할 사정의 출장이면 모를까 여행 자체를 싫어하고 여행에 대하여 대단히 비관적이며 어떠케든 피하려 하고 꺼리는 데 반하여 박 여사는 여행에 대한 태도가 거의 소녀틱한 자세, 아니 소풍을 기다리는 초딩처럼 유아틱한 자세를 일관되게 유지해 왔다.

한편 두 딸년들은 찐한 피의 증거로 날 닮아서인지, 나의 처세에 정신적으로 동감하는지 애늙은이들처럼 멀리 움직이는 거, 쓸데없이 꿈지락 대는 걸 싫어한다. 아마도 어릴 적에 전국 방방곡곡 행사장마다 끌고 다닌 여파인지도 모른다.

39

여행 계획에 비협조적인 딸년들은 박 여사의 열화와 같은 열망에 감히 정면으로 대적하지 못하고 비겁한 곁눈질로 눈치만 살피며 내게 이런 설레발로 우회적 선수를 쳤다.

"아빠! 일출은 꼭 동해에서 봐야 하나? (엄마 눈치 한번 보고) 해는 우리 동네 산에서도 잘 뵈는데."

나는 이런 경우 못 들은 척 즉답을 피하며 대화에 끼기지 않으려 애쓰고 재미도 없는 TV에 집중하거나 인터넷을 뒤적거리며 소위 '쌩까기' 전략에 돌입해야만 한다.
박 여사는 듣고 있으면서도 콧방귀 조차도 아까운 단호한 표정.

나의 비겁한 자세와 박 여사의 완고한 자세를 눈치챈 두 딸년이 제 딴에는 다른 각도로 새로운 접근 방향을 넌지시 시도해 본다.

"아빠! 동해가는 길이 엄청 막힌다매? 돌아올 때도 만만치 않다고 그러고. 집에 온 12시도 넘을 수도 있겠네? 담날 일찍 학교에 가야 하는데. 쩝."
"나도 담날 정상 출근이야!"

두 딸년은 너스레를 떨며 어떠케든 집에 남을 구실을 찾는 건데 이런 우스운 전략, 얄은꾀에 호락호락 넘어갈 박 여사가 아니다!
얼마 전까지만 해도 내 눈치를 보는 척했고 애들을 설득하는 분위기였지만 요즈음은 상황이 전혀 다르다.

40

운동장 넓이만큼 한껏 넓어진 코 평수에 예전처럼 무작정 무대뽀로 들이댔다가는 콧바람 장풍에 밀리거나 뼈도 못 추릴 거다.

쓸데없는 태클을 걸어 보았자 어림 반푼어치도 없는 할리우드 액션으로 찍혀서 빨간 딱지를 받을 게 뻔했다.

나는 조용히 아이들에게 타일렀다.

"야들아! 자꾸 헷소리 하덜덜덜 말고 이번엔 그냥 가보는 거야! 쌰!"

진짜로 피는 물보다 진하다고 강씨 성의 우리 셋은 누가 시키지도 않았는데 나란히 머리를 조아리고 앉아서, 누가 하나 둘 셋! 구령도 안 했는데 동시에 "에혀~~" 하고 한숨을 폭폭 내쉬었고 결국은 쌩고생으로 정동진에 다녀왔다.

올해는 다행히도 새로 태어난 백일도 안 지난 손주 녀석을 보느라 박 여사는 여행은 꿈도 못 꾼다. 여러모로 요 녀석이 복덩어리다. ㅎ.

장떡이 먹고 싶은 날

나이를 먹어 가면서(어쭈구리?) 옛날 음식에 대한 향수가 자꾸만 떠오른다.

어린 시절엔 맛도 잘 모르고 먹었던 그 시골스런 음식들이 이제야 제맛을 알 것 같고, 이제는 그 맛을 어디서 느껴볼지 아쉽고⋯. 그 음식을 만들던, 할머니, 어머니의 손맛이 문득문득 그리워지는데.

특히나 우리 할머니는 음식 솜씨가 대단하셨고, 그 솜씨의 근간에는 각별한 실험 정신이 깃들어 있었기에, 언제나 특별 음식을 개발하셔서 주변 사람들에게 맛을 봬 주고, "기똥차다!"라는 칭찬받기를 좋아하셨다.

우리 할머니의 주요 활동 무대는 우리 동네 산에 있는 절이었는데, 점심때가 되면 동네 할머니들과 함께 절에 올라가시면서 장을 보셨다.

장보기는 어디서? 길가에서, 산비탈에서, 텃밭에서.

단풍취며 방아잎, 가죽나무잎, 엄나무 순 등을 보이는 대로 채집을 하시듯 조금씩 뜯어서 아주 즐거운 쇼핑(?)을 하셨으며, 나물을 뜯으면서는 해당 나물의 효능과 맛에 대한 강의도 빠지지 않아 당시 재미난 이야깃거리였던 것 같다.

이윽고 절에 도착하면, 우리 할머니는 일류 주방장 셰프의 솜씨를 발휘하셨는데, 정작 절집의 메인 요리사인 공양주 아주머니는 으레 밥만 딸랑 준비해 놓고, 조선간장과 외간장, 고춧가루, 고추장, 설탕, 참기름, 식초 등등의 각종 양념을 준비하고, 각종 그릇들을 챙겨서 보조 주방장으로 자리를 잡았다.

함께 가신 할머니들은 우물가에서 나물을 다듬고 씻어서 요사채 대청마루로 모이고, 그사이 할머니는 각종 양념장을 만들어 놓는다.
소쿠리에 갖가지 나물이 수북이 쌓이면, 이걸로 점심 준비는 끝! 이제부터는 우리 할머니의 즉석요리 코너가 개시된다. 가죽나무 잎과 단풍취로 나물을 무치는데, 전광석화처럼… 후다닥 요리 완성!

이윽고 절 주인(?) 보살님의 각종 김치 자랑이 선수를 치고, 우리 할머니는 슬그머니 미리 짱박아 둔 할머니의 소중한 발명품들, 각종 장아찌류를 한 가지씩 조금씩만 꺼내오도록 지령을 내린다.

할머니의 실험 정신으로 탄생한 이런저런 각종 장아찌들은 절대로 한자리에 왕창 꺼내어지는 법이 없다. 반드시 한 가지씩, 차례로 조금씩만 꺼내어 맛을 보게 하시고, 다시 완벽히 밀봉되어야 하는 것이다.
할머니들의 탄성과 칭찬이 한바탕 쏟아지고, 할머니 입가엔 야릇한 미소가 잡히고, 옆에서 구경하고 있는 나는 어느새 어깨가 으쓱으쓱해진다!

이런 경우 특별식으로 방아잎과 재피잎으로 장떡을 부쳐 주시는데,

고추장 맛이 매콤하면서도 방아잎, 재피잎 향기 가득한 장떡의 오묘한 맛은 나이 어린 나도 아주 좋아라 했다. 가끔은 엄나무 순을 넣어 만든 밥을 짓게 하시는데, 양념장을 넣어 밥을 비비면 묘하게 쌉싸름한 맛이 입맛을 돌게 하였다.

나는 어릴 적에 할머니가 무쳐주시는 씀바귀 나물까지도 무척 좋아라 해서 어른들에게 희한한 어린이 취급을 받기도 했었다.

어제 오후엔 박 여사와 함께 해장 산행으로 비 내리는 개화산을 한 바퀴 돌았다. 봄비에 젖은 풀빛들이 찬란하고, 예전에 보았던 이런저런 나물들이 문득문득 눈에 밟히기도 했다.

그래서 저녁 식사로는 거기서 거기인 식당 음식이 아닌, 한적한 산사의 할머니들이 내어 오는 나물 무침 가득한 시골 밥상이 그리워지기에 하산 길에 인터넷으로 맛집 검색을 하고 있는데, 초콜릿 입맛의 박 여사가 분위기를 확~ 깼다.

"오늘 저녁은 치킨 시킬까? 피자 시킬까?"
에혀~ 오늘은 왠지… 할머니표 장떡이 무지하게 먹고 싶다. 쩝.

라면 끓이기 비법

다 그런 건 아니지만 대개의 경우 라면 끓이기에 관한 한 남자들은 거의 '나만의 비법'이랄 수 있는 철저한 각자의 노하우가 있는 반면, 여자들은 "그까이꺼 대충~ 걍~ 물 끓이고 라면과 수프 넣고 계란이나 하나 넣어주면 되쥐 뭐~."라고 라면 요리(?)에 관하여 상당히 우습게 보고 한편으론 귀차니즘의 증세가 있다.

나는 라면 끓이는 문제로 신혼임에도 불구하고 대형 부부싸움으로 번져서 티격 대는 모습을 여럿 보았다!
그래서이지 어느 집이나 딴 건 몰라도 라면을 끓일 때에는 남자들이 직접 주방을 점령하는 모습을 흔히 볼 수가 있다.
우리집도 별로 다르지 않아서 신혼 시절부터 자기가 끓인 라면의 평가에 대한 두려움이 남다른 박 여사는 웬만해서는 절대로 라면 요리에 손대지 않았다!

엊저녁에도 늦은 시각에 큰 딸년의 라면 밤참 '오다'가 떨어졌는데, 박 여사는 멀뚱멀뚱 데면데면한 표정으로 내 얼굴만 빤히 바라보며 있었다.

나는 아무래도 안 되겠다 싶어서 큰맘 먹고 박 여사를 주방을 끌고

45

가서 라면을 손수 끓여가며 '라면 요리법' 현장 실습 강의에 들어갔다!

자! 오늘의 강의는 남자들이 얼마나 다양한 관점에서 라면을 끓이는가에 대한 경향을 분석해 보는 케이스 스터디로 진행하겠다!

일단 물의 양이 중요하다.

취향에 따라 국물에 목숨 거는 사람들은 특히나 물의 양 조절이 중요한데, 면빨에 목숨 거는 사람들도 국물맛을 포기하는 건 절대 아니다! 오케이?

일단 물이 팔팔 끓어야 조리가 시작되는데 이때까지 우리는 파를 송송 썰어 놓는다! 혹시라도 양파나 풋고추 등 다른 야채가 있으면 첨가해도 좋다! 다만 과유불급! 그 양이 넘치면 라면 본연의 맛을 배리게 되므로 유의할 것!

오우! 물 끓었다!

이때 사람에 따라 면을 먼저 끓이는 사람이 있고 수프 먼저 넣어서 물이 끓고 국물이 정리되면 면을 넣는 사람이 있는데 한꺼번에 몽땅 털어 넣는 형도 있다.

과학적으론 수프의 농도로 인해 끓는점이 높아지므로 수프를 먼저 넣는 법이 좋을 듯하다.

오케이! 라면이 끓고 있다!

짱돌 구르는 소리 ver 2.0

이때에 라면의 원형 그대로 절대로 건들지 않는 돌부처형이 있고, 계속 뒤적여 주는 촐싹형 사람이 있고, 딱 한 번만 뒤적여야 한다고 주장하는 한칼형 인간이 있다!

또한 냄비 뚜껑을 열어 두느냐 닫아 두어야 하느냐 하는 것도 라면 맛을 결정짓는 변수라 할 수 있겠다! 오케이?

자! 마지막 초식, 계란 풀기!
계란을 통째로 쏟아 넣는 스타일, 다른 그릇에 풀어서 흘려 넣는 스타일이 있고 계란을 완숙하는 스타일과 가스레인지의 불을 끄고 그때에 넣는 스타일, 먹기 직전에 넣는 스끼야끼 스타일도 있다!

자! 오늘은 이만큼 케이스 스터디를 했으니 내일부터는 박 여사가 제대로 끓여 보도록 하자! 오케이바리?

나는 정말로 열심히 강의했다!
위에는 대충 서술했지만 실제로는 파 썰기와 투입 시점까지, 라면을 그릇에 옮겨 담는 요령까지. 물의 양이 얼마나 중요한지 500㎖ 우유 페트병으로 계량해 가면서 더욱 디테일한 설명이 했다.
게다가 각종 액션과 표정 연기까지. 아주 리얼한 현장 강의였으므로 내 열강에 청강생 딸년들까지 열화와 같은 기립 박수를 쳐 주었다!

박수를 받으며 나는 대견한 마음에 코를 벌름대며 말했다.
"뭐 질문 없습니까?"

47

그런데 박 여사의 질문은 나를 주저앉게 했다.

"다 좋은데…; 일단 대충 알긴 알겠는데 갱년기가 다가오는지 어쩐지 당최 입력이 안 돼요! 그리고 난 그냥 누가 끓여주는 거 맛있게 먹는 게 좋거든? 나 믿지 말고 그냥 계속 하던 대로 끓여주면 안 되나? 오케이바리?"

에효~~ 우리집 박 여사는 진짜로 강적이다!

오늘도 나는 이 밤에 라면 물을 끓이고 계란이나 풀며 가족들을 멕여 살리는 가장의 입지를 굳게 다지고 있다!

계란 요리

계란 요리에 대하여 나는 나름대로의 추억과 철학이 있다.

얼마 전 저녁에 오랜만에 집에 일찍 들어갔는데 아뿔싸~ 이런 이런 박 여사에게 저녁밥 예약 사전통지를 깜박했다. 나는 라면이나 하나 끓여 먹을까 했는데 박 여사가 "계란 후라이 하나 해주까?" 하는 말에 내 입이 째졌다!

나는 계란을 무지하게 좋아한다. 매일 계란 요리만 해줘도 찍소리 안 하고 밥 한 그릇이 뚝딱이다.

요즈음 애들은 먹을게 풍족해서인지 계란 맛을 잘 모르는지 불쌍한데 애들이나 여직원들과 함께 식당에 가면 라뽁기에 들어 있는 거, 순두부찌개에 들어 있는 거, 김치 볶음밥 위에 덮여 있는 거, 냉면 위에 놓여 있는 거 다 내꺼다.

신혼 초에 박 여사가 반찬이 없다며 "계란 후라이라도 해줄까?"라고 하다가 내게 무지하게 혼이 났었는데 계란 요리를 무시해도 유분수지 "계란 후라이라도?"라니 쩝.

집에서 계란 안주로 소주 깔 때에 나는 승질이 급해서 계란말이 같은 요리를 기다리지 못한다. 기냥 계란 후라이면 오케이바리다!

계란 후라이 요리법은 그때그때의 기분에 따라 다른데 가장 일반적인 것이 한쪽 면만 익히는 방법, 양면을 익히는 방법이 있고 노른자를 터뜨리느냐 마느냐 선택도 있다.

나는 밥을 먹을 때에는 한쪽 면만 살짝 반숙으로 익혀서 노른자는 따뜻한 밥 위에서 터뜨려 비벼 먹는 걸 좋아라 하고 안주로 계란 후라이는 완숙이 좋다!
시간이 있을 때 또는 접대 상황에서는 계란말이도 잘하는데 보통 계란 3개 정도로 만들면 둘이서 소주 각 일병은 끄떡없다.
술마신 다음날은 해장용 계란탕을 하는데 뚝배기에다가 계란 두 개, 계량컵으로 물 2잔, 새우젓을 적당히 넣고 약한 불로 해서 보글보글 끓으면 북엇국보다 시원한 해장국이 된다.

초딩시절 어릴 적에는 계란밥을 좋아라 했는데 누나가 넷이나 되는 막내인 나는 누나들이 비벼 주는 대로 기다렸다가 우아하게 먹어 주면 되는데 한가지 처절한 노하우는 밥을 비빌 때에 절대로 내 숟가락으로만 비비게 했다는 거. 누나들 숟가락에 다소간 묻어갈 수도 있는 내 밥이 아까웠기 때문이었다나 뭐라나?

사실 난 기억도 잘 나지 않는데 누나들은 옛날얘기를 하다 보면 꼭 이 부분을 성토하고 그런다. 쩝.

수란은 중딩, 고딩 시절에 우리 어머니가 늘상 해 주시던 건데 어머니의 무한 사랑을 받고 살았던 나는 아침을 굶어 본 역사가 없으며, 아니 굶을 자유도 없었다.

아침에 등교준비를 하느라 급한 척 수선을 떨고 있으면 으레 언제 만들어 내셨는지 스테인리스 밥공기에다가 참기름을 발라 계란 두어 개를 넣고 살짝 익혀 만든 수란을 내 코앞에 떡~하니 대령(?) 하셨다!

그리고 보니 문득 수란이 무지하게 먹고 싶따아~.

내일 아침엔 박 여사에게 아부라도 해서 수란 좀 만들어 달라고 해 봐야겠다!

원정 산행을 가는 이유

주말 원정 산행을 준비하는 내게 우리집 박 여사가 가끔 하는 말이 있다.

"산은 산이요 물은 물이로다! 이런 말도 있던데, 산이면 다 산이고만, 우리 동네 칠보산도 똑같은 산인데 다른 동네 산에 가면 뭘 먹을 거가 있다고 맨날 맨날 전국의 산들을 찾아다니나?"

나는 이런 경우에 대개는 쌩~ 까고 말지만, 오늘 아침 분명한 이유를 말해 주었다.

언젠가 이런 일이 있었다. 아침에 운동 삼아 우리 동네 뒷산 칠보산에 올랐는데, 목표 지점을 반도 못 간 지점에서 배가 묵직하게 살살 아파 왔다.

평소처럼 빈속에 냉수 한잔 시스템으로 올라왔어야 하는데, 막내 딸년이 식탁에 우유 한잔을 따라 놓았길래, 날름 훔쳐 마신 게 그 이유인 듯했다.

잠시 숲속 이곳저곳을 쩨려보며, 잔대가리 비상대책을 굴려 보았지만 자칫 동네 산에서 쪽이 팔릴 경우에는 대책이 없을 듯하여 할 수

없이 어떻게든지 고통을 이겨내기로 맘먹고 태조 이성계처럼 위화도 회군 작전을 시행하기로 결정하여 무거운 발길을 돌렸다.

뱃속이 편치 않을 때는 진땀이 삐질삐질 난다. 나는 평소에 땀이 나오는 정도와 운동량의 상관관계를 정확히 따지는 편인데, 운동을 해서 땀이 나는 건 지방이 타서 물로 변하는 거라던데, 땀이 많이 난다는 것은 결국 운동이 많이 되었다는 증거가 아닐까?
결론적으로 보면, 똥 마려울 때 운동하면 땀이 이렇게 많이 나니 운동 효과도 두 배일까? 이 와중에 이런 개똥 같은 생각도 들었다.

아무튼, 이러한 딴 생각하기 프로젝트로 아랫배 아픔을 달래가면서 고지를 향해 가는데 드디어, 저 멀리 우리 아파트가 보이기 시작했을 때였다.

등산로 입구에서, 막 산길로 들어서는 우리 동네 통장 아줌마와 마주쳤다. 엉겁결에 인사를 꾸벅 드리고, 열심히 가던 길을 가려는데, 헉스! 통장 아줌마가 나를 불러 세웠다. 화장장 설치 반대 어쩌고 뭐라 뭐라 했는데, 하나도 들리지 않았고 뭐라고 대응은 해야겠기에 냉큼 돌아서서,
"전 민방위 끝났어요! 나중에 뵐게요!"

나는 자다 봉창 동문서답 한마디를 내뱉고 그대로 집을 향해 튀었다. 그래도, 잠깐의 시간이었지만 한 30초 이상은 빼앗긴 것 같다. 이런.

드디어 아파트 입구에 들어섰는데, 허걱! 예전에 친하게 지냈던 막내 딸년의 담임선생님과 딱 마주쳤다.

아무리 급해도 악수는 해야 했고, 이 양반이 작년에 제대로 승부를 못 낸 당구 이야기를 꺼내려고 하기에 나는 이제 당구 끊었다. 말하고 튀었다. 또 금쪽같은 1분 이상을 허비했다.

아파트 현관에선 경비 아저씨랑 만났다. 땀을 삐질삐질 흘리는 나를 보고,
"운동 열심히 하시네요!"
그러는데, 뭐라 대꾸도 못 하고 까꿍! 울상으로 웃어 주고 엘리베이터로 튀었다.

드디어, 우리집 문 앞.
급한 마음에 게이트맨 비밀번호 1차 오류. 두 번째 시도로 겨우 문을 열었는데, 마침 앞집 아줌마가 나오다가 인사를 했고 얼떨결에 인사를 받다가 문이 닫혀 버렸다.

나는 게이트맨 조작을 과감히 포기, 문을 걷어찼더니 드디어 문이 열렸고, 놀란 눈의 박 여사를 제치고 방으로 뛰어들어가 드디어 화장실에 안착했다. 하마터면, 쪼끔 흘릴 뻔했다. 에혀~.

나도 모르게 안도의 한숨이 흘러나왔다. 화장실 바닥에 뚝뚝 떨어지는 땀방울을 바라보며 잠시 생각해 보았는데, 아무래도 우리 동네

사람들과 나와는 궁합이 맞지 않고 어떤 악연이 있는듯했다.

그래서 마무리로 똥꼬에 힘을 주며 결심했다.
'그래! 사람답게 살려면, 똥 마려운 고통을 느끼지 말아야 하고, 화장실 스트레스를 최소한으로 줄이려면, 어차피 비비고 살아야 할 정다운 이웃이지만, 태클맨들로 인식하여 마주치지 말아야 하고, 방법은 하나, 될 수 있으면 멀리 있는 산으로 튀자!'
그렇게 다짐했던 것이었다.

비디오 가게에서

집안 정리를 하다가 웬 카드 하나를 발견했다. 자세히 보니 10여 년 전의 옛날 비디오 대여 카드였다.

나는 비디오 보기를 좋아라 했으며 당시 DVD가 발행되기 시작했던 때이지만 보수 성향의 나는 오로지 VHS-VTR을 선호 했드랬다.
물론 장르를 가리지 않고 좋은 작품들을 주로 보았지만 가끔은 에로 비디오를 즐겨 보았는데 당시엔 DVD로는 에로 비디오가 거의 없었기 때문이리라.

오해하지 말 것은 내가 에로 비디오를 보는 이유엔 숭고한(?) 저의가 있었다. 잘 보고 배워서 박 여사를 재미있게 해 주려고 그랬을 거라는 것인데 믿거나 말거나이다.

암튼 에로 비디오를 빌리려면 다른 때처럼 딸년들을 심부름 보낼 수가 없었고 초이스에 실패하지 않도록 내가 친히 방문하여 퀼을 최대치로 끌어올려 골라야 했다.

사실은 비디오를 찬찬히 고르는 과정 자체가 하나의 작업에 해당되었다고 할 수 있는데 실제 잠자리의 전위에 해당된다고나 할까?

내가 자주 방문한 그 단골 비디오가게 주인은 동물적인 감각으로 내 취향을 간파했는지 친절하게도 우수한 품질의 비디오를 추천해 주곤 했다. 나는 거의 비디오가게 VIP 반열에 올랐던 듯했다.

비디오 가게의 에로영화 코너는 따로 분리되어 있어 미성년 청소년들은 입장 불가지역이었으며 이 지역은 사람이 별로 없어서 북적거리지 않고 남의 눈치를 볼 필요 없이 충분히 여유 있게 그림도 잘 살펴보고 스토리도 찬찬히 검토할 수 있었다.

그러나 비극적인 사고가 한번 있었드랬다. 그날도 비디오 고르기 삼매경에 빠져 있었는데 왠지 휠이 좋아서 이미 두 개를 골랐음에도 불구하고 한 개를 더 빌리고 싶었다. 비디오 두 개를 옆구리에 끼고 찬찬히 책꽂이를 검색해 나가는데 묘한 비쥬얼의 비디오 하나가 딱 걸렸다.

제목도 그럴듯했다! 〈유리의 순정〉

그런데 손을 뻗어 비디오를 꺼내려는 순간 누군가가 눈앞에 나타나 눈이 딱 마주쳤는데 내게 까딱하고 인사를 하는 것이었으며 나도 엉겁결에 인사를 하기는 했는데 당최 누군지 기억에 없었다.

잠시 후 아뿔싸! 기억이 났다. 이런 이런 그녀는 큰 딸년의 담임 선생님, 노처녀 선생이었던 것이었던 것이었다. 당시 학교 운영위원회 위원이었던 나는 기분이 묘하고 참으로 난감했으며 이 난국을 언능 헤쳐나가기로 맘먹고,

"존 비디오는 저쪽에 있는 데여! 그럼 즐~."

그렇게 뽀다구나게 늠름하게 탈출할까 하다가 좀 비겁한 에로 비디오방 탈출 프로젝트 플랜 B로,

"아저씨! 여기 문근영의 '댄서의 순정'이 도대체 어디 있다는 거예여? 도대체 이쪽에는 안 보이네?" 그랬는데 주책맞은 주인아저씨가 산통을 다 깼다.

"에이~ '댄서의 순정'은 그짝에 없슈~. 그건 주연으로 문근영이가 나오는데 갸는 주구장창 춤만 추지 한번도 안 벗어여! 뽀뽀도 제대로 한번 안 하두만. 끌끌."

요 대목에서 나는 더 이상 말문이 막혀 조용히 비디오가게를 빠져나와야 했으며 당분간 그 비디오 가게에 가지 못해 그 비디오 대여카드는 그날 이후 고대로 사장되고 말았던 것이었다.

그해 2005년 겨울은 내게 문화적 암흑의 시기였으며 빨리 2006년이 와서 애들 담임 선생님이 바뀌었으면 좋겠다고 간절히 빌었던 기억이 새록새록 떠오른다.

에헤라디여~.

홍등

가끔은 옛날 영화 다시보기가 재미난다.

오늘 다시 꺼내본 〈홍등〉이란 영화는 1920년대 중국이 배경인데 10대 소녀인 송리안(공리)은 아버지가 죽자 대학을 중퇴하고 계모의 강요에 못 이겨 왕족인 첸 가문에 넷째 첩으로 들어간다.

진나리는 매일 네 명의 부인 중에 한 명을 택해 잠자리를 같이하는데 선택당한 부인의 처소에는 그날 밤 홍등을 밝히는 가풍이 있다.

네 명의 부인들은 사연들도 많고 서로 시기하고 모략하는데 남편을 사로잡지 못해 홍등을 켜지 못한 부인은 이곳에서 무용지물이 되어 쫓겨나기도 한다.

나는 예전에 이 영화를 보고 나서 잠자리 선택권이 있는 그 노친네가 부러웠고 마침 우리집엔 방이 세 개나 있으며 세 개의 방에는 박 여사와 두 딸년이 제각각의 둥지(?)를 틀고 살고 있기에 한동안 그 흉내 내기 놀이를 한 적이 있었다.

한겨울 일찍 집에 들어가는 날이든 늦게 들어가는 날이든 딩글딩글 새벽까지 소파에서 개기다가 으시시 한기가 느껴질 때 즈음 그때그때 내키는 대로 휠~이 꽂히는 대로 방 하나를 선택해서 기어들어가 함께 자주는 성은(?)을 베풀기로 한 것이었고 내 주변 대개의 친구들에게 이런 이야기를 하면 딸딸이 아빠의 특권으로 보아주고 대따 부러워했었는데 사실 속사정은 좀 달랐다.

우선 박 여사의 안방은 찜방처럼 무지하게 더워서 온도가 맞질 않는 데다가 자칫 의무방어전을 치르게 될지도 모른다는 두려움에 아무래도 무의식중에 꺼리게 되었고 큰 딸년은 날 닮아서인지 밤늦도록 부스럭대고 잠이 없는 편이었기에 숙면을 취할 수가 없었다.

결국은 제일 만만한 게 막내 딸년의 방이므로 입방 빈도가 잦을 수밖에 없었는데 막내는 성은이 망극한 득세를 기뻐하기보다 침대가 좁아 불편하다는 둥, 내 코 고는 소리에 잠을 설쳤다는 둥 불만을 토로하는 경우가 종종 있었으며 그해 겨울방학 어느 날 아침에 결국은 홍등 프로젝트가 마무리되었다.

전날 밤 과음으로 출근도 못 하고 거실 소파에 디비져 자고 있던 나를 제외한 우리 가족의 아침 식탁에서는 내가 듣지 못하는 것을 전제로 하여 모종의 쑥덕 논의 천인공노할 음모가 있었다.

막내: "우쒸! 아빠가 또 내방에서 코 골고 잤어!"
큰 딸년: "쯧쯔 맨날 잠을 설쳐서 고생이 많다!"
박 여사: "코를 확~ 비틀어 버리지 그랬어?"
막내: "거실에도 난방을 돌리믄 안될까?"
큰 딸년: "엄마가 좀만 춥게 자면 안 되나? 그러면 아빠가 안방에서 잘 텐데 침대도 제일 큰데."

박 여사: "이 치사빵꾸같은 눈들아! 엄마는 코 고는 소리 안 들이는 귀머거리인줄 아냐? 알써 알써 침대 반쪽만 전기장판 깔고 더블침대를 트윈침대처럼 써보지 모. 알았으니깐 이제 조용히 해라잉? 쟤 또 삐질라!"

요대목까지 비몽사몽 간에 생생한 라이브 상황으로 대화를 듣고 있던 나는 갑자기 잠이 확 깨고 욱하는 승질이 치밀어서 도저히 참아낼 수 없는 경지에 다다라 더 이상 가만히 누워 있을 수가 없었기에 벌떡 자리를 차고 일어나서 박 여사를 째려보며 입을 앙다물고 말했다.

"다 좋은데 말이야! 침대에서 내 쪽으로 금만 넘어와 바라잉? 다 주것써! 씨양~."

그날로 내 홍등 프로젝트는 아쉽게도 쫑났다.

절집의 만행을 고발하다

엊그제가 사월초파일 석가탄신일이었다. 휴일, 임도 라이딩 중에 수리사 앞에서 어릴 적 옛 생각이 나서 잠시 절에 들렀다.

초딩 어린 시절의 나는 할머니와 함께 동네 야산에 있는 절에 자주 놀러 갔었다. 나는 절집의 요사채 장독대에서 해바라기를 하며 노는 걸 좋아라 했다.

개미들의 행렬을 따라 시작점을 찾아 살피고, 그들 행렬의 노정에 돌멩이를 놓아 행로를 바꾸어 보기도 하고, 꼬불쳐 두었던 크라운 산도 과자로 이들을 현혹하기도 하고, 개미집에 일부러 흙을 살짝 조금씩 흘려보내는 꼴통짓도 하며 놀았다.

그러던 어느 날 언제나 그러하듯 점심때가 되니 동네 할머니들이 한분 두분 여러 사람 모여들기 시작했고, 그날따라 왠지 흥분된 할머니들의 표정에서 뭔가 심상치 않은 낌새(?)를 포착하게 되었다.

나이에 걸맞지 않은 짙은 화장빨의 버드나무집 할머니 입장! 나는 그 할머니의 두터운 파운데이션과 연분홍빛 립스틱 색깔을 싫어했다!

원래는 돈 많은 어떤 부자의 세컨드인데 한밑천 받아서 혼자 살며 돈이 많아서 일수놀이 돈놀이를 한다는 전봇댓집 할머니도 도착!

할머니들 중 막내이시며 가냘픈 몸매지만 온 동네를 날아다니듯하고 일 처리가 빨라서 절집 일을 도맡아 해내시는 쌕쌕이 할머니가 오늘도 변함없이 잰걸음으로 바람처럼 휙 들어가시고, 절에는 자주 오지 않더라도 우리 앞집에 살아 매일 마주치는 육중한 체구의 살구나무집 할머니와 온 동네 사람들이 다들 무서버 하는 옷매무새가 꼿꼿단정하신 욕쟁이 할머니가 함께 도착하시고, 무슨 소리인지 하나도 못 알아듣게 경상도 사투리가 심하고 뭘 얘기해도 싸우듯 말하는 쌍둥이네 할머니, 민화투와 육백의 달인으로 일 원짜리 화투판을 장악하시고 술고래로 유명한 곰보 할머니가 함께 입장하면 핵심 멤버들이 모두 모이는 것이다!

나는 지금도 그분들의 성함을 알지 못한다. 동네에선 굳이 이름을 알 필요도 없었다. 쌕쌕이 할머니, 욕쟁이 할머니, 곰보 할머니. 그렇게 부르면 누구나 다 알아들었다.

내 입장에서 보면, 내가 우리 아버지보다 동네유지(?)에 가깝다. 이분들은 내 고추를 정기적으로 관리(?)해주는 '짱똘 고추 폐인' 팬클럽 간부들이시므로, 누구나 당연스레 내게 먼저 인사를 건넸다.

"고추는 잘 간수하고 있지?"
라고 물으면 나는 노멘트로 고개만 까딱해도 되었다.

마지막으로 남편이 바람을 피워서 맨날 맘 고생한다는 공양주 아주머니께서 보자기로 싼 무엇 하나를 머리에 이고, 하나는 손에 들고, 빈손은 바삐 휘저으시며 언제봐도 웃기는 뒤뚱거리는 엉덩이를 보여주며 요사채에 입장하였는데, 절집의 강아지들 행동이 갑자기 바빠졌다!

나는 강아지들과 함께 어떤 직감이란 게 있었던지 뭔가 수상하다는 생각이 들었고 할머니들의 회합 장소인 요사채 대중방으로 어깃거리며 다가가 보았다.

점심 공양 준비가 한창으로 다른 건 별 이상이 없어 보이는데, 아! 이런, 고기 볶는 냄새가 났다!
'아니 절에서 백주대낮에 이런 만행이!'
나는 갑자기 가슴속에서 치미는 정의감에 똥 마려운 강아지처럼 안절부절못했다.

잠시 후 상이 모두 차려지고 나와 눈이 마주친 법 없이도 살 거라는 칭찬이 자자한 쌕쌕이 할머니가 "어여 들어와라. 밥 먹게!"라고 하시는데, 나는 속으로 울뚝밸이 뭉클하게 형성되면서 '저 선한 얼굴 뒤에 고기 냄새, 비리 냄새가 진동하는 뒷모습이라니 참으로 어이가 없군!' 이라고 '속'으로만 그랬다!

공양주 아주머니가 스님 방으로 들여가는 상에도 고기볶음이 놓여 있는 걸 분명히 확인하고, 할머니들의 대화 내용에서 이 사건과 관계

된 모든 정황을 정확히 파악하였다.

"고기는 역시 돼지비계가 맛나여!"
"짱똘 할마이 덕분에 포식허유!"

허걱! 이런 경악스런 사실. 이 사건의 핵심 제안자이며 스폰서가 다른 사람도 아닌 우리 할머니였다니. 망연자실… 갑자기 세상이 무서워졌다.

할머니들의 열화와 같은 성원에도 불구하고 나는 그날 점심을 굶었으며, 안타까워하시는 우리 할머니의 타이름과 욕쟁이 할머니의 으름장에도 고집을 꺾지 않았다!

믿거나 말거나. 나는 어린 시절 누구보다 정의감에 불타던 착한 어린이였다.
일요일마다 〈수사반장〉을 보면서 이 시대 나쁜 놈들의 범죄행위에 분개하였고, 꿈에서도 〈황금박쥐〉, 〈우주소년 아톰〉, 〈바다의 왕자 마린보이〉가 되어 악의 무리를 가차 없이 응징하던 나다.
차들은 오른쪽 길, 사람들은 왼쪽 길을 반드시 지켜야 한다고 외치고, 화단에 들어가거나 쓰레기를 함부로 버리면 큰일이 나는 것처럼 생각하고, 불량식품을 사 먹는 애들 이름을 적어 사람 취급도 하지 않던 나.
동네 친구들이 삐라를 주워와서 돌려 읽거나 하면 국가적 반역행위로 생각하여 선생님께 바로 일러바치던 내가 도저히 감당할 수 없는 너무 어마어마한 사건 현장이었다.

　그날 저녁 나는 점심도 굶은 상태에서 또다시 저녁밥도 굶었다. 가슴 한쪽에 응어리진 무엇 때문에 밥이 아니라 물도 넘기질 못했다!
　그리고는 감기인지 몸살인지 오한이 들면서 앓아누워 버렸다. 열은 펄펄 끓고 머릿속은 무엇이 선인지 무엇이 악인지 뒤죽박죽 쌈박질 중이고, 〈마징가 제트〉의 주정실을 저에게 빼앗거 온 세상이 가싫니는 꿈을 꾸었다!

　그러다가 밤늦은 시간에 어머니가 죽을 끓여 놓고 깨우시는 바람에 잠에서 깨고 그걸 어찌어찌 먹고 약도 먹고 그랬는데, 어머니에게 이 엄청난 사실을 말하려고 하다가 이 고통을 어머니에게 전가해서는 안 된다는 생각도 들어서 끝내 말하지 않았고, 속으론 그런 내가 너무 대견하기까지도 했다!

　다음 날 아침. 긴 악몽 속에서 깨어나 마당에서 세수를 하다가 코피를 쏟았다!
　마침 수돗가에 계시던 할머니가 화들짝 놀라며 내게 달려오셨는데 나는 할머니의 손을 뿌리치고 의연하게 코피를 닦고 고개를 젖혔다!

　눈부신 아침 하늘을 바라보면서, '더 이상 어른들 세계엔 상관하지 말자! 천벌을 받든 어쩌든지 알아서들 하라지!'라고 슬픈 체념으로 결론지으며 나만의 비밀로 간직하기로 굳게 다짐했다! 그렇게 생각하고 나니 한결 마음이 가볍고 갑자기 어른이 된 기분이 들었다!

66

나중에 안 일이지만, 스님들의 건강을 위해 소규모 절에선 다 그렇게들 한다고 하던데 그렇게 분개할 일도 아닌 모양이었으나 그건 그거고 이제는 고인이신 우리 할머니는 물론이고 그때 그 할머니들이 참으로 그리워서 수리사 법당을 향해 할머니들 명복을 빌었다.

　나무아미타불.

야한 생각과 머리털

나는 평소에 상상력이 좋다는 평을 듣는 편이며, 실제로 홀로 별의 별 상상의 나래를 펴는 걸 즐기는 편이다.

그러나 상상력이 좋다는 이야기는 칭찬도 되지만 비아냥의 뜻도 내포되어 있으며 상상력이 풍부한 건 꼭 좋기만 하지는 않다.

일요일 저녁, 오랜만에 저녁 시간에 온 식구가 모여 앉아 노닥거리며 TV 삼매경에 빠졌다.

문득 나의 흰머리가 거슬려 보였는지 박 여사와 두 딸년이 흰머리를 뽑아주겠다는데, 나는 완강히 거부해 보았으나 적당히 몰려 있는 것만 솎아낸다는 약속을 믿고 얼떨결에 머리를 맡겼는데 뭔가 이상한 대화가 전개되어 갔다.

막내 딸년: "아빠는 머리숱이 정말 많네!"
큰 딸년: "아빠는 머리도 무지하게 잘 자란다면서?"
짱똘: "생각을 많이 하는 사람은 머리가 잘 자란다는 옛 성현 말씀이
　　　있느니라! 어흠~."
박 여사: "야한 생각을 많이 하면 그런다는 얘기를 어디서 본 거 같은
　　　데 콩콩~."

이 대목에서 나는 가장의 체면도 있고 뭐라 대응하기도 싫어서 "착하게 살자!"를 주문 외우듯이 속으로 열 번 외치며 욱~ 하는 승질을 겨우 꾹~ 참아내었다.

한편, 우리집 공용 컴퓨터는 거실에 있다. 컴퓨터가 거실에 있어야 애들의 시간 조절 통제가 가능하다는 박 여사의 주장 때문이다.

오늘 아침 출근 전에 컴퓨터를 켜고 메일 확인을 하나 하는데, 희한한 제목 하나를 잘못 눌렀나보다. 즐거운 팝업이 파바박~ 하고 서너 개나 떴고, 시간이 없어서 대략 주요 사항을 눈팅만 하고 컴퓨터를 껐다.
원래는 악성코드 퇴치 프로그램을 가동해야 하는데, 출근 시간이니 바빠서 저녁때에 하기로 했다.

저녁때 집에 가니 컴퓨터 위에 못 보던 티슈가 놓여 있었다.
박 여사에게 물으니 막내가 가져다 놓았다는 것. 잠시 상상의 나래를 펼쳐서 추리를 해 보았다.

엊저녁에 박 여사의 얘기.
"아빠가 야한 상상을 많이 한다?"
오늘 아침 스팸 메일을 깔아 놓은 내 실수!
막내가 학교에 가기 전에 컴퓨터를 켰고 즐거운 그림들이 파바박~ 화려하게 떴다! 심청이꽈의 효녀 막내가 아빠를 위한 배려(?)로 티슈를 준비했다?
나는 갑자기 얼굴이 화끈거리며 좌불안석 상태로 빠져들었다.

69

밤늦게 막내가 술에 취해서 기어 들어왔다.
내가 목소리를 깔고 물었다!
"컴퓨터 위에 티슈는 모냐?"

막내가 말했다.
"코감기가 걸렸는지 콧물이 자꾸 나와서! 왜?"

닝기리~~ 일생에 도움이 안 되는 쓰잘데기 없는 상상력도 있다!

젓가락질 단상

요즈음 TV 프로그램에는 외국인들이 자주 출연하여 여기저기 구경을 다니며, 각종 음식을 먹는 장면들이 꼭 나오는데, 서툰 젓가락질 장면 또한 빠지지 않는다.

그런데 밥상머리에서 함께 TV를 보는 우리집 박여사는 동병상련을 느끼는 듯, 젓가락을 쥔 손에 경련을 느끼는 것 같다.

예전에 황우석 씨가 신기술을 발표하면서 젓가락 기술이 원천기술이라고 했던가?

암튼 젓가락 사용의 중요성을 강조하는 인터뷰 내용이 대서특필되면서, 젓가락질의 명인(?)격인 나는 집안에서의 위상이 격상되는 뿌듯한 상황이 있었다.

그 이전까지 내가 일관되게 주장하던바, 젓가락 사용이 집중력과 두뇌 회전에 도움이 된다는 내 잔소리에 관하여 우리집 아이들의 반응은 시큰둥 또는 그러거나 말거나 같은 것이었으며,특히 젓가락 사용에 치명적인 결함이 있는 박여사는 밥상머리에서 늘상 일삼는 나의 잔소리에 콧방귀나 뀌곤 했었다.

그러나 그 사건 이후 나의 주장이 엄중하게 받아들여졌기에 우리집 밥상에는 박여사가 젤로 하기 싫어하는 반찬, 생선 반찬이 필수요소

I. 짱똘네 가족

로 떠오르게 되었고, 나는 식사 때마다 시범적으로 현란한 젓가락질을 자랑하며 신속히 생선을 발라 아이들에게 뽀다구 나게 분배한 후에 아이들이 숙달 실습에 임하도록 현장 학습 자세를 취해온 것이었다. 또한 이 엄숙한 교육 과정에는 박여사도 절대로 열외가 없었고 깨갱 분위기가 역력했다. 아뵤~

그런데 얼마 후, 황 씨의 논문에 문제가 있다는 보도들이 재해 현장 보도처럼 연일 쏟아져 나왔고, TV를 보던 박여사가 뭐라고 구시렁댔다.
"젓가락질이 원천 기술은 개뿔~."

급기야 어느 날 저녁 우리집 밥상에서 그동안 주력 반찬이던 생선 반찬이 사라졌다.

박여사는 사전 협의 절차나 통보도 없이, 생선 반찬을 전격 경질시키고, 주전 참가자 명단에서 빼 버리는 만행을 저지르고야 만 것이었다.

나는 중앙이 허전한 밥상을 바라보며, 욱 하는 마음에 밥상을 엎어버릴 뻔했는데, TV에서는 황 씨 관련 뉴스가 계속해서 보도되고 있었고, 우리 막내가 주책없이 비수를 꽂는 한마디를 툭~ 던졌다.
"희한하네! 오늘은 왜 생선 반찬이 없네~"

나는 뭐라 대꾸도 못 하고, 조용히 주방으로 가서 대접을 하나 가져

짱돌 구르는 소리 ver 2.0

다가, 비빔밥에 절대로 어울리지 않는 몇 가지 반찬을 쏟아내고 비벼 내서 젓가락 없이 오로지 숟가락으로만 꺽꺽대며 밥을 퍼먹었다.

에헤라디여~~.

II

회사에서
모임에서

우리 회사 먹보 #1

　예전에 같이 일했던 직원 하나가 근처에 지나는 길이라면서 잠시 회사에 들렀다. 저팔계 꼭 닮은 그 녀석의 별명은 '슈퍼 먹보'.
　녀석이 사온 음료수를 한잔 마시며 그 옛날의 에피소드로 수다의 장이 펼쳐졌다!

　어느 날 늦은 오후 사무실의 아래층에 새로 이사 온 회사에서 개업 신고로 고사떡을 가져 왔다. 여러 직원들이 회의 탁자로 모였고 시끌벅적 난리가 났다.

　"마침 출출하던 차에 잘됐다."
　"몇 층이 이사 온 거야?"
　"겨우 요만큼이냐?"
　"막내야 내려가서 조금만 더 얻어 와 봐라!!"
　"나무젓가락 남은 거 없냐?"
　"냉장고에 소주 남은 거 가져와 봐라!"
　"기왕이면 막걸리 하나 사 오지?"

　그 수많은 대화 중에 따로 말로 표현은 안 하지만, 서로의 눈초리가 무언의 대화를 하고 있었다.

76

"먹보 녀석 오기 전에 빨랑 먹어 치우자구!"

나도 원래 바쁜 일이 있었지만 일단 그 사이를 비집고 들어갔다. 고사떡과 함께 돼지머리 편육도 있었고 방금 무친 듯한 겉절이 김치도 맛나 보였다.

그런데 내가 젓가락을 반쪽으로 쪼개는 그 순간 갑자기 정적이 흐르더니 익숙한 목소리의 멘트가 들려 왔다.

"모야? 모 먹어염?"

아! 외근 나갔던 먹보가 들어왔다. 막걸리 사 온 막내가 문을 안 걸었나보다.

다들 맛있다구 웃고 떠들구 난리를 치다가 일시에 짜증스런 얼굴로 변하더니 누가 시킨 것도 아니고 사전 연습한 것도 아닌데 자리를 내주지 않으려 어깨에 힘을 빡세게 주고 럭비 스크럼을 짜듯이 엉켜 버렸다.

그러나 오노 같은 놈. 그놈은 그 큰 체구를 쇼트트랙 스케이트 타듯이 스크럼 사이로 비집고 들어와서 자리를 딱 잡고 편육에 손을 뻗었다. 그 순간 다들 젓가락을 던져 버렸다.

참고로 편육은 칼집만 보이고 다닥다닥 붙어 있는데, 젓가락질 못하는 놈은 남들이 두 개 집을까 봐 주목하는 가운데 손가락에 경련이 생길 정도로 달달 떨어 가면서 어렵사리 겨우 한 개씩 떼어먹는 그런 형국이었다. 그러나 먹보 이놈이 글쎄 두 손가락으로 편 이십여 개를 몽땅 잡더니만 새우젓을 푸짐하게 푸~욱 찍어서 지 입으로 가볍게 한 입에 홀라당 밀어 넣는 만행을 저지르고야 말았다.

아주 순간적으로 일어난 일이라 누가 말리고 자시고 할 겨를도 없었고 그걸 바라보던 모두는 아연실색.

밥맛이 다 떨어져서, 또한 끝내 수비에 실패한 자괴감이 밀려들면서 힘없이 젓가락을 던지고 준비 없는 독설을 서슴없이 퍼부으며 각자의 자리로 향했다.

"에라이 더러븐 넘. 니 다해라 얌마!"
"잘 처먹구 죽은 귀신 때깔 존나 함 보재이!"
"으따 그노므 자슥 겁나게 껄쩍지근 하네이!"
"자알 처먹구 회의실 정리나 깔끔하게 해놔라!"

그러나 먹보는 늘 듣는 욕설에 눈도 하나 꿈적 안 했으며, 능청스럽게 한마디 했다!

"왜들 고만 먹는 겨? 이거이거 맛 주기는데? 근데 남기면 버려야 하니 내가 다 먹어치워 주는 게 낫겠지? 헤헤!"

우리 회사 먹보 #2

한번은 먹보네 집에 가정방문(?)을 가게 되었다. 사실은 볼일이 있어 먹보와 함께 마포 쪽에 갔는데 자기네 집이 식당을 하는데 가까우니 밥이나 먹구 가자고 제안을 했다. 나는 그날 먹보네 집에 따라갔다가 세 번을 놀라고 왔다.

가든호텔 맞은편 주택가에 진짜로 먹보네 집에서 운영하는 식당이 있었다. 허름한 가정식 백반 전문 식당. 테이블이 한 열 개 정도 있고 장사는 정말 잘 되겠다 싶었다.

식당 문에 들어서자마자 먹보 어머니가 반가이 맞아 주셨는데 나를 첫 번째 놀라게 만든 건 어머니의 멘트.
"아이고 먹보야. 너 요새 왜케 야위어 가냐? 얼굴이 아주~~ 반쪽이 가 되얏네?"

음메 못 살어. 참고로 이놈 생긴 게 강호동이랑 비스므리. 몸무게도 입사 이후 95키로에서 프라스 마이너스 1키로 이상. 변동사항 생긴 적 이 절대로 없는 것으로 알고 있었다.

근데 이게 무신 경우인가? 같이 데리고 간 내가 회사 대표인데 결국 어머니 말씀은 내가 먹보를 심하게 고생만 시키고 굶기기라도 했다는 그런 뉘앙스를 심하게 풍기고 있었다는 것이고 갑자기 쥐구멍이라도 찾고 싶은 기분이었다. 쩝.

암튼 이윽고 밥상을 차리기 시작했다.
된장찌개에 제육볶음도 수북이 들어오고, 각종 반찬도 푸짐한 것까지는 좋았는데 밥이 냉면 그릇만 한 양푼에 수북이 담겨 왔다.

먹보는 잠시 어머니랑 수다 중이었고 이 순간 나는 잠시 속으로 생각했다.
'이 집안이 이거 못 배운 사람들인 모양이다. 아무리 식당에서 손님 대접을 한다고 하지만 공깃밥이나 주발에 정갈히 담아주지는 못할망정 이걸 직접 퍼먹으라고 하는가? 근데 주걱도 없고 앞접시도 없고 어쩌지?'

그런데 잠시 후 두 번째 놀랄 멘트가 들려왔다. 먹보와 어머니가 나란히 테이블로 오더니 어머니 왈,
"아니 시장하신데 먼저 드시지 밥이 적은가여? 우선 드시고 더 드셔요. 밥 또 새로 하는 중이니깐."

내 앞에 앉은 먹보는,
"대표님 여기 우리집이니깐 실컷 드세여. 엄마! 근데 밥이 좀 꼬두밥이네?"

그날 나는 배 터져 죽는 줄 알았다. 예의상 겨우겨우 반이나 먹었나 그랬는데 먹보는 지꺼 다 처먹구선 내가 남긴 밥을 슬그머니 자기 밥그릇(?)에 덜더니만 느끼한 표정으로 감사의 윙크를 했다!

세 번째로 놀란 건 그 집을 나올 때 어머니의 당부의 말씀이었다.
"저눔이 투실투실해 보여두 저게 다 물살이래유! 저눔은 끼니를 거르면 빈혈 증세가 있으니 월급은 좀 덜 주셔도 되는데여 밥은 실컷 먹게 좀 해 주시믄 감사하겠슈!"

얼마 후 그놈이 회사를 그만두겠다구 했다. 이유를 물었더니 먹보의 대답은 이랬다.
"우리 회사는여 딴 거는 다 좋은데 왜 밥 먹는 시간이 왔다 갔다 하는지 몰르겠슈. 글구여 저 밥 많이 먹는 거 아닌데 밥 먹을 때마다 다들 눈치 줘서 못 살겠슈. 대표님 우리집 와서 내 정량 보셨쟈뉴. 회사에선 딱 한 공기만 더 추가해서 먹는데두 다들 눈치 주는데 못 살겠슈."

그날도 내가 물었다!
"요새도 밥은 서너 공기씩 많이 먹냐?"

먹보는 대답 대신 또 그 느끼한 표정으로 윙크를 했다!
에이~~.

우리 회사 먹보 #3

우리 회사는 당시 대기업의 체육대회 행사가 많았다.

먹보 그놈은 원래 보직이 경리직이었기에 맨날 사무실에서 돈만 세다가 SHB 5천 명이 참가하는 대형 체육대회 행사에 동원되었다.

당시엔 출연하는 연예인들에게 출연료를 현장에서 현금으로 지급해야 했기에 돈 가방을 둘러메고 운동장으로 끌려 나온 거였는데 때마침 진행요원이 모자라 먹보도 얼떨결에 동원되었고 먹보의 역할은 덩치에 맞게 단순히 힘쓰는 일. 오재미 던져 박 터뜨리기의 기둥을 잡아주는 보직이었다.

이 유치찬란한 게임은 직원들만의 놀이가 아닌 가족들 참여 행사로 애들 아주머니 여직원들이 모두 나와서 추억의 오재미 던지기를 하게 하는 것이고 축하 박이 파바박~ 터지면, [즐거운 점심시간!] 현수막이 펼쳐지는 점심시간 직전의 마지막 게임이었다.

한편 우리 진행요원들이 5천 개의 점심 도시락을 팀별로 배급하도록 업무분담이 되어 있었는데, 문제는 11시쯤 미리 와서 분배해야 할 도시락이 12시가 다 되어서 도착하는 배달 사고가 발생. 도시락 분배에 진행요원이 급파되다 보니 게임 진행요원이 모자라는 사태가 발생한 것이었다.

문제는 드넓은 목동 운동장에 작은 축하 박으로는 초라해 보일까 봐 축하 박을 최대한 크게 만들고 기둥을 버틸 수 있는 한 최대한 높게 만들었기에 그걸 붙잡고 있는 진행요원 힘이 부치는 상황이었는데, 영악스러운 선수들, 주부 여사원, 꼬맹이들이 예상치 못한 비인간적 반칙을 했다.

높고 단단한 축하 박을 맞추다가 지치니까 축하 박 기둥을 잡고 있는 진행요원을 향해 오재미를 사정없이 패대기치기 시작한 것이고, 우리 진행 요원들은 헬멧까지 쓰고 있었으나 아주머니들 돌팔매 솜씨에 맷집이 한계 상황에 이르러 그 육중한 축하 박이 맥없이 넘어지고야 말았다.

그런데 아차 순간에 일어난 사고에 우리의 희망 먹보가 잔대가리는 빠르지만 불행히도 몸이 더딘 이유로 전봇대만 한 쇠기둥에 깔려 기절해 뻗어 버렸고, 대기하고 있던 의료팀이 즉각 출동하여 이동 들것에 막 옮기려는데 먹보 이놈이 눈을 게슴치레 뜨고는 걱정스레 쳐다보고 있던 내게 신음소리를 섞어가며 어렵사리 한마디를 했다.

"으~~ 끙~, 으~~ 응~~ 대표님! 저요, 제 도시락은 두 개 챙겨 주시면 안 되나요?"

기가 막히고 어이없는 내가 말했다!

"그래 이눔아! 살아 있으니 다행이다! 언능 일어나서 도시락 한 박스 통째로 줄 테니 다아~~ 처먹어라~~."

그래서 먹보가 놀러 온 그날 점심에는 그날을 기억하며 편의점 도시락을 함께 까먹었다.

우리 회사 먹보 #4

그리하여 먹보 녀석은 대가리 깐 덕분으로 점심시간에 도시락 두 개를 맛나게 먹었을까?

아니다. 불행히도 못 먹었다.
왜?

내가 수많은 행사를 수행해 보았지만 행사 진행 시에 자주 등장하는 중대 사고 중의 하나가 웃기게도 먹는 거에 관한 일이다. 내 글을 읽는 사람들 중에 행사를 직접 주관해 본 사람이 있다면 내 주장에 토를 달지어다!

행사 참가 인원이 천 명이라서 천 개의 도시락을 준비하면 이상하게도 한 일이백 개쯤이 모잘라 여기저기서 아우성이 빗발친다. 그래서 여유 있게 도시락을 천이백 개쯤 준비시켜보면 역시나 또 이백 개쯤 모자라는 현상이 발생한다. 이상하지?

아예 일쩜오배로 넉넉하게 천오백 개를 준비하면?
이제는 많이 남을 꺼 같지만 아직도 열 개쯤은 모자란다.

이상하고도 웃기는 이 현상은 내가 평~생을 이해 못 하는 불가사의한 한 현상이다.

그렇다면 이 도시락이 다들 어디 갔느냐? 물론 행사에 참여한 인간들이 다 챙겨 간 것이고 그 인간들이 잘 먹구 잘 살았냐?
그것도 아니다.

나중에 행사가 모두 끝나고 각종 물품들을 정리하고 치울 때 정확한 표현으로는 쓰레기를 치울 때 보면 사라졌던 그 도시락들이 박스 채로 나타난다.

우리는 그 남은 도시락을 행사장을 정리하면서 대충 참으로 먹을 만큼 먹고 행사장 관계자들 청소 용역 오시는 분들께 기마이 팍팍 부리면서 선심 쓰고 나눠 드린다.

앞에서 말한 질문의 답은 이것이다!
먹보 그놈의 야심 찬 계획과 나의 결재를 득한 다짐에도 불구하고 먹보는 점심시간에 도시락을 두 개는커녕 한 개도 결국 못 먹었다.

점심시간에는 다른 직원들은 바빠서 굶겨도 먹보는 목동의 어떤 짜장면집에서 배달한 짜장 프라스 볶음밥을 먹여 주었고 다행히도 행사가 끝난 후 우리가 수거한 도시락 1박스는 맘껏 먹게 해 주었다.

참고로 도시락 1박스엔 밥 12개, 반찬 12개, 국 12개가 들어 있었는데 밥 12개 몽땅과 반찬 10개, 국 6개를 오롯이 혼자 다 먹어 치웠다.

반찬 2개는 남긴 남았는데 돈가스랑 새우튀김은 홀라당 빼 먹고는
나를 보고 헤벌쭉 행복한 표정을 지었다!
에이~~ 징한 놈.

그나저나 우리나라 사람들 먹는 거 가지고 왜들 이러지?

공깃밥 추가

점심때 직원들과 회사 근처의 밥집에 갔다.

우리 뒤로 어린 것들이 우르르 따라 들어왔다. 대학생 정도 나이로 보이는 여자애들이 수다 떨고 까부니깐 딸년들 같고 이뻐 보였다.

열심히 우리끼리 수다 떨믄서 밥 먹느라 잠시 신경 끄고 있었는데 어느 순간 그쪽에서 시끄런 소리가 들렸다!

우리는 주문한 밥이 나와서 잘 먹구 있는데 그 꼬맹이들은 여태 밥을 못 받아먹고 식당 언니랑 싸우고 있었다.

이 식당의 서빙 언니는 연변 조선족으로 첨에 왔을 때는 어리바리였지만 어느덧 몇 년이 훌쩍 지나서 나이는 어려도 식당의 고참으로 등극, 주인아주머니 다음 서열의 "넘버투"로써 홀 써비스의 실력자가 되어 있었고 이제는 본색(?)이 드러나 우리처럼 잘 아는 단골손님이 아니면 정말 싸납게 구는 경향이 있었다.

시끄럽게 싸우는(?) 내용인즉슨 꼬맹이들이 '백반 세 개에 공깃밥 추가'라고 시켰다는데 이 서빙 언니는 '절대로 안 된다! 백반 4개로 시켜라' 대응 중.

애들은 애들대로 반찬 추가하지 않을 테니 밥만 더 달라! 농성 중이고 양쪽의 주장이 너무 강한 데다가 이미 시간이 흘러 약간은 존심 쌈, 감정 쌈으로 진전된 듯 보였다. 버티기 한판 중?

애들도 그 방면에 내공이 상당한 듯 주변의 눈초리를 아랑곳하지 않았고 이런 경험이 많은지 팀워크도 좋은 게 쌈꾼 하나가 디립따 쏘아대고 나모지 셋은 아주 침착하게 조근조근 설득력 있게 밀고 나가자 서빙 언니가 점차 열세로 몰리는 듯했다.

서빙 언니가 궁지로 몰리게 된 패인은 아직도 한국말 실력이 백 프로가 아닌 데다가 기냥 몰아붙이기만 했지 논리적 대응에 점차 함락당하는 중이었는데 애들도 애들이지만 서빙 언니가 존심에 큰 상처를 받으면 우리의 식생활문화에도 피해가 예상되므로 할 수 없이 오지랖 대왕인 내가 또 나섰다!

양측의 존심을 받쳐주는 차원에서,
"언니! 그냥 줘라! 내가 내주께!"
그랬는데, 서빙 언니가 마지막 버티기를 시도했다.
"안된대여! 야들 맨날 이런대여! 요새 장사도 시원찮은데 문제가 있시요!"

그때 마침 주인아주머니가 들어오고 자초지종을 듣고는 통 크게 해결했다.
일단 해결이 되었으니 궁금하여 호기심에 애들에게 물었더니 네 녀

89

석이 근처 회사에 알바하러 왔고 백반 네 개면 이만사천 원인데 백반 세 개에 공깃밥 추가면 일만구천 원. 점심식대에서 오천 원이 굳는다? 저녁은 컵라면으로 때우고 그렇게 하면 하루 식대에서 삼만 원이 적립?

한편으론 애처롭고 기특하기도 해서 내 호기심은 다음 질문으로 넘어가야 했다.

"그렇게 악착같이 돈 모아서 모할려구?"
"방학 때 해외여행 갈려구여!"

회사로 돌아오면서 생각해 보니,
"개같이 벌어서 정승같이 쓴다?"
허어~~ 참~~ 난 잘 모르겠네!

골동품이 된 삐삐

오늘은 책상 정리를 하다가, 오래전에 쓰던 삐삐를 발견했다. 10년도 넘은 골동품?

90년대 중반 호황을 누렸던 삐삐. 당시 이통사들의 치열한 판촉전 덕분에, 이런저런 판촉행사로 전국을 누비며 우리를 잘 먹고 잘살게 해준 물건.

그러나 2000년대에 들어 삐삐들은 핸드폰에 밀려 사라졌는데, 나는 핸드폰이 생긴 이후에도 한동안 삐삐를 줄곧 지니고 다녔었다. 용도는 뽀대.

그 당시 삐삐를 끝까지 지킨 부류가 '사'자 돌림의 형사들과 의사들이었다. 나는 의사 친구들이 많은데, 그들에 의해 좋은 노하우를 전수받았다.

나이트에 놀러 가서 삐삐를 꺼내 들고, 웨이터에게 전화가 어디에 있냐고 물으면 형사인 줄 알고 상무가 직접 나타나서 친절하게 자기 사무실에서 전화하도록 안내해 주었다.

나이트에 가서는 여자들 앞에서 삐삐를 꺼내 들면, 내가 닥터인 줄 알고 부킹이 마구 쇄도했었다. 믿거나 말거나.

그러던 어느 날 좋은 건수가 발생했다. 친구들과 어느 호텔 나이트에 갔는데, 조금 맛이 간 아가씨의 간택에 의하여, 오랜만에 진한 블루스를 추게 되었다. 그런데 이 언니가 요상한 행동을 하는데, 내 허리 주변을 자꾸 어루만지고 있었던 것.

나는 속으로, '요것 봐라~ 궁금하지? 그래 삐삐도 만지고, 나도 만지고 실컷 만져봐라, 귀여운 것! 오늘 밤 이 오빠가 널 귀여워 해줄 거야!' 그러고 있었는데, 드디어 예상된 질문이 나왔다.
"오빠 이게 뭐예요?"

나는 그 질문에 대하여, 일부러 대답을 지연시키고 개겼다. 조금 있으면, "아항! 오빠 이제 보니 닥터구나?"라며 입이 째질 게 뻔하기 때문이었다.

그런데 아무리 기다려도 예상된 후속 리액션 멘트가 없기에 내가 스스로 실토를 해야 할 타임인 듯해서 "응? 그거 사실은" 그러는데, 황당하게도 그녀가 나를 밀치며, 입에서 튀어나온 예상외의 멘트는 이랬다.

"사실이고 지랄이고 간에, 할아버지도 아니고 촌스럽게시리 만보기는 왜 차고 다니는 거예요?"

띠용~ 그날, 그 순간, 나는 완전 새 됐다!
에헤라디여!

말빨 강적들

한평생을 살면서 나도 나름대로는 한 말빨 하는 편이라고 자부하며 그렇게 생각하고 사는 편인데, 가끔은 강적들을 만나게 된다.

글빨의 강적들은 시간을 가지고 찬찬히 연구해서 대응하면, 얼마만큼은 대처하고 커버할 수 있는데 말빨의 현장 대응은 라이브 쇼, 생방송이므로 그리 쉽지 않다.

대화 소재의 다양한 선택으로부터 말하는 태도와 매너, 하다못해 제스츄어도 중요하고, 무엇보다 찬스 포착과 기선 제압이 중요하다.

며칠 전 사업 협의 차 한 친구와 그의 동업자를 만났다. 그 동업자는 한 말빨 하는 강적이었는데, 이런저런 수다스런 대화가 개시되고 각종 사안이 전개되는 과정에서 도대체 끼어들 틈이 보이지 않았다.

거나한 식사를 하는 중에도 이 인간은 조그만 틈도 보이지 않았기에 나는 시종일관 무기력하게,

"으흠!", "오오!", "그렇군요!"

"저런저런.", "아니 정말입니까?"

"아, 예!", "쯧쯔쯔…."

하염없는 추임새만 넣느라 바빴다.

그러나 아무리 강자라 해도 틈새는 있었다. 그 강적 친구는 정치, 경제, 사회, 문화, 스포츠 연예 등 각 방면에 고루 박식하여 다른 사람보다 소재의 다양성으로 구라빨이 쎈 반면, 말하는 중간중간의 호흡이 좀 길었다.

그걸 파악하는데 시간이 걸렸지만 일단 약점을 파악한 후에는 절호의 찬스들이 마구 보였다! 그 인간의 중간중간 끊기는, 묘한 숨쉬기 호흡 타임을 이용하여 쇼트트랙 승부처럼 나는 집요하게 약점을 파고들었다.

대화의 초반부에 코너로 밀려 있던 나는 중반부 이후에 호흡 타임 뺏기 초식으로 점차 제대로 제 페이스를 찾아갔다. 아뵤~.

그런데 이 인간도 징하게 독한 인간이었기에, 점차 자신의 약점에 기인하여 대화의 페이스가 밀린다고 자각을 한 모양인지 후반부에 가면서 호흡의 패턴이 바꼈다.
그런데다가 점입가경 위험한 사태에 이르게 된 건, 이 인간이 틈새시장을 빼앗기지 않으려는 듯 중간 호흡을 점차 줄여 가더니 결국 중간 호흡 없이 썰 풀기를 시도하다가 숨이 막히는지 폭~ 하고 고꾸라졌다.

믿거나 말거나!
고수들은 도처에 깔려 있다는 걸 또 한 번 절실히 느낀 날이었다. 나는 그 인간의 호흡과 엇박으로 숨쉬기하다가 아직도 숨쉬기가 이상하고 곤란한 지경이다.

말하기 싫을 때가 있다

나는 직업적으로든 성격적으로든 개인적으로 말을 많이 하며 사는 편이고, 달변까지는 아니더라도 이런저런 예시를 들어가며 열심히 이해될 때까지 설명하는 걸 좋아라 하는 편이며, 같은 말이라도 조크와 유머를 섞기를 아주 좋아라 하는 편인데, 그러한 나도 어쩔 땐(졸라 열받거나 황당한 경우에) 인간들은 대하기가 싫고 갑자기 말하는 것에 싫증이 나고 꺼려지고 할 때가 있다.

예전엔 여친들과 데이트할 때나 수다스런 친구와 놀 때에 가끔은 그런 경향을 나타냈는데, 내가 절대로 관심이 없는 분야, 예를 들면 연예인 스캔들 얘기, 누구누구 뒷다마성 얘기, 유치하게 반복되는 자기 자랑으로 쫑알쫑알 수다를 떨고 그러면 상대방을 바라보면서 그걸 어찌 말로 제재하지는 못하고(아니 사실은 그 표현조차도 하기 싫어서) 눈을 뚫어져라 쳐다보면서 그저 머리만 끄덕일 때가 있었다!

그럴 때 나는 간단한 바디랭귀지로 커뮤니케이션 하는 방법, 말 한 마디 하지 않고 불편 없이 놀 수 있는 방법을 터득했다.

카페에 가서는 손가락으로 메뉴판의 종목 하나를 꼭 집어서 서빙하는 언니를 바라보고 있으면 되었고, 음식점에서는 서빙하는 언니가 그

집의 대표 음식을 자랑하듯 제안하면 미소 지으며 끄덕하면 되었다.

극장 앞에선 광고용 팸플릿이나 포스터를 뚫어지게 보고만 있으면 같이 간 센스쟁이 여친들은 내가 그걸 보구 싶어 하는 걸 다~ 이해해 주었다.

바로 오늘 같은 날, 그런 현상이 또 있었다.

회사에서 열 받는 일이 발생하여 혼자 씩씩대다가 묵비권 행사 중이었는데, 분위기를 감지한 직원들이 조심조심, 소근소근 하면서 하루종일 회사 전체에 침묵이 흘렀다. 그래도 먹고 살자고 하는 일이기에 밥때가 되어서는 우르르… 그러나 조용히 식당으로 갔다.

주문을 해야 하는데 쫄레쫄레 식당에 함께 따라간 직원들이 다른 때 같으면,
"뭘 먹을까?", "뭐가 맛나드라!"
시끄럽게 수다를 떨었겠으나, 오늘은 분위기가 분위기인 만큼 내 눈치만 보면서 아무도 말이 없었다!

그런데 평소에 보고 느낀 내 행동 양식이 전염되었는지, 대여섯 명이 둘러앉아 메뉴판을 가운데 놓고 째려보구 앉아 있다가 주문을 받으러 온 언니의 재촉에 다들 동시에 아무 소리 없이 손가락으로 메뉴판 집었다!

상상이 가능할까? 손가락 몇 개가 한곳에 겹쳐진 것이다!

96

특히나 칼국수를 찍은 내 손가락 위를 짓누른 막내가 피식 웃었다! 나도 순간, 걍~ 웃어 버렸다! 그리하여 일단은 밥은 웃으며 잘 먹기로 맘먹고 즐겁게 먹었다!

눈칫빨이 구단쯤 되는 이놈들은 이 찬스를 계기로 대충 얼버무려 분위기 깨려는 시도가 엿보였다. 그러나 밥은 밥이고, 너네들은 지금부터 죽었다! 나는 지금 전쟁을 하러 나간다!

아뵤~~.

그라고 프로젝트

사람마다 사용하는 '말버릇', '어투'라는 게 있다. 그 어투가 튀는 사람이 많고 또 여러 가지 형태가 있는데, 예전에 앙드레 김 선생과 같이 영어로 말하기 좋아하는 사람이 생각이 나 글을 적는다. 이런 사람들의 말을 자세히 들어보면, 토씨를 제외한 영역은 대부분 영어 단어를 나열하여 채운다.

몇 년 전에 모 지자체의 행사가 있었다. 행사 명칭은 'OO 투자설명회'였는데, 비슷한 행사 의뢰가 있어 준비 과정 중, 당시의 비디오를 검토하다가 직원들 모두가 뒤집어졌다!

우리는 편집되지 않은 원본 비디오를 보기에, 본 행사에서 일반인에게 보이지 말아야 할 재미난 NG 장면을 간혹 볼 수 있다.

해당 지자체의 투자 정책 실장이란 분은 평소에도 유독 외래어와 영어를 즐겨 썼는데, 영어 반 우리말 반 수준이었다. 주요 단어는 거의 영어 단어이고, 토씨나 대화 연결을 위한 말만 우리말로 하는 몹쓸 습관이 배어 있었다.

행사 당일 설명회에서 이 양반이 브리핑 담당자로 나서 수백 명의 기업체 사장님들과 외국인 투자자, 관청 관계자들을 대상으로 열변을

토했는데,

"우리가 준비한 프로젝트는 글로벌한 포지셔닝에 포커싱해서… 어쩌구저쩌구… 베스트한 컨디션만을 토탈 컴포지트한…"

시종일관 대략 이런 식의 멘트를 내뱉었다.

그런데 우리가 모두 뒤로 뒤집어진 문제의 장면은 이 양반이 한참 열변을 토하는 과정 중, 준비한 설명의 한 단락이 끝나고 다음 장으로 넘어가는 상황에서 벌어졌다. 물 한 잔을 역시나 뽀대 나게 마시고, 무심코 출신 성분을 가릴 수 없는 내면의 소리로 나지막이 내뱉은 한마디였다!

"그라아~고!"

"그리고"라고 한다는 것이 그만 평소 전라도 사투리가 튀어나와 부지불식간에 발설한 것인데, 정작 본인은 본인이 그리 말하고도 의식하지 못하고 있었으나 여기저기서 쿡쿡대는 소리가 들리고 지금까지 졸던 아저씨들까지 다 일어나서 다음을 기대하는(?) 분위기까지 보이고 하니, 당시 바로 옆에 있던 나는 웃겨 죽는 줄 알았다!

다시 보고 또 봐도 정말 재미있는데, 결국은 이 양반이 멋지고도 화려하게 영어 단어들로 브리핑한 내용은 다 날아가고 모두가 기억한 건 오로지 한 단어, "그리고"만 남아 '그리고 프로젝트'가 된 것이었다!

각종 모임에서 보면 간혹 그런 경향의 사람들이 보이는데, 어쭙잖은 영어 쓰다 창피 당하지 말고 꼭 필요한 때 이외에는 우리나라 말을 애용했으면 한다!

바둑 이야기

나는 잘 먹고 잘 놀고 잘살기를 부단히 연구하며 몸소 실천하느라고 일반화된 레저 스포츠 및 웬만한 잡기 등을 조금씩은 다 즐겨 하는 편이며 웬만하면 기본기 정도는 단련하여 누구와 놀아도 큰 불편함이 없는 편이지만 잘 못 하는 약점이 두 가지 있다. 낚시와 바둑.

내가 이 두 가지를 잘 못 하는 이유는 빨리빨리 바쁜 시절에 이 방면의 놀이는 시간을 과도하게 또는 허무하게 흘려보내는 한심한 짓거리라고 생각한 것이었다.

그나마 낚시는 어찌어찌 가끔 따라가서 손맛의 재미를 느끼게 되고, 낚시 그 자체가 아니더라도 물가에서 또는 배 위에서 소주 한잔 까는 맛으로라도 재미난데, 바둑은 친해지기 쉽지 않았다.

군대에서 말년 병장 때, 바둑 좀 둔다는 졸병을 데리고 두어 달가량 기본적인 교육과 함께 가끔 두어 본 것이 전부인데 생각보다 재미는 있었지만 역시나 많은 노력과 시간 투자가 필요하여 제대 후엔 더 이상 쳐다보지 않았다.

남들과 이런저런 수다 떨고 놀 때에 딴 건 주도적으로 설레발 치며 떠들 수 있는데 바둑 얘기가 나오면 나는 아주~ 비겁모드로 깨갱한다.

그나마 바둑 두는 사람치고 말빨 세우는 사람은 별로 없는 게 다행이지만, 업무상 사람을 대할 때 특히나 초회 면담 시에 아이스 브레이킹 재료로 제일 좋은 게 각자의 취미생활 중 공통분모 찾기인데 바둑 두는 사람을 만나면 아주~ 껄쩍지근하다.

"혹시 바둑 두십니까?"
"뭐~ 쬐끔. 기본기만 좀 익혔져."
"몇 급이나?"
"예. 한 10급 정도 된다고 합디다만, 쩝."
"아! 예 그러시군여."
침묵(뻘쭘).

나는 이 뻘쭘한 분위기의 대화 연출이 바둑을 두는 사람들의 기본적 태도인지 아니면 내가 하수라서 그러는 건지 아주 헷갈리는데 특히나 상대방이 아랫사람인 경우 마음의 상처로 열 받을 때도 있다.

어제 신입사원 면접을 하는데 한 놈이 취미란에 바둑이라 적었기에 의례상 바둑을 잘 두느냐고 슬쩍 물었는데 이놈이 눈치 없이 내가 아주 싫어하는 신경질 나는 대화 패턴을 시도했다.

"대표님도 바둑을 두십니까?"
"뭐~ 쬐끔. 기본기만."

"얼마나 두시는데?"

"한 10급 정도 된다고 하던가? 쩝."

"아! 예 그러시군요. 저는 아마 3단."

잠시 침묵.

닝기리, 이거 완전히 자세 역전이었다.

나는 이 밤에 몇 명의 이력서를 보고 또 보면서 목하 고민 중인데, 특히 바둑 특기생 이놈을 채용해서 피나는 연습으로 바둑을 한 급수 올려볼까? 아니면 재수없으니 확~ 떨어뜨려 버릴까? 바둑돌들이 눈앞에서 왔다리 갔다리 하여 머리에 쥐가 나고 있다.

그런데 아니지. 남의 취미생활에 대한 편견은 버려야겠지?

노름과 도박

오늘 오후엔 오랜만에 놀러 온 친구가 주식으로 쫄딱 망하게 된 어떤 친구의 근황에 대한 이야기를 전해 주었다. 어쩐지 그놈이 요즘 연락이 없었다.

마음이 쓸쓸하여 집에 전화를 때려서 수다를 떨면서 박 여사도 와이프끼리 잘 아는 친구인지라 전화로 소식을 전했다. 박 여사는 예상한 일이라는 듯 혀를 끌끌 찼다. 평소에 모임 때마다 제일 늦게까지 친구들을 잡아 놓는 그 친구의 노름 근성에 진저리를 쳐왔기 때문이다.

노름과 주식은 기본적으로 다르다는 변명을 해 주었으나 별무소용이 없었고 나는 그 친구 덕분에 오랜만에 난데없는 칭찬(?)을 받았다.

나는 의외로(?) 노름, 도박이 체질에 맞지 않고 그 자체를 싫어하는 편인데 주변 사람들은 하나같이 노름을 좋아라 한다. 하기는 나같이 싫어하는 사람보다는 좋아라 하는 사람이 많은 모양이니 내가 이상한 건가?

친구들을 만나도 밥 먹기 전에 홀라 한판이 벌어지고 제사나 가족들의 행사에도 언제나 바닥이 깔린다.

104

짧은 점심 약속 중에도 밥이 나오기 전에 (사실은 타이밍을 조절해서) 한 판 때려야 직성이 풀리는 부류의 인간들도 많다. 골프를 치러 가서도 돈내기를 하는 사람들이 대부분이다.

특히나 내가 제일 싫어하는 사람들은 타당 삼천 원짜리 내기를 하는 인간들이다. 만 원도 아니고 오천 원도 아니고 삼천 원짜리 내기는 진짜로 화난다. 홀 아웃 때마다 돈 계산에 거스름돈에 복잡하고 캐디 언니 보기도 민망하고, 여튼 귀찮다.

사실은 나도 노름 도박 종류에 관해서는 웬만해서는 모르는 것, 못하는 것이 거의 없다. 남자들에 있어서 노름도 생존을 위한 전공필수 이수과목이다.

그러나 나는 신체 및 성격 구조학상 한자리 한 자세로 오래 앉아 있질 못하여 무릎이 쑤셔오고 허리가 찌뿌등해지며 자세가 자꾸만 낮아지는 증세가 있어 옆에 술상이라도 있어야 버티므로 홀짝거리고 혼자 마시는 술이 금방 취해서 어느새 자빠져 자 버리기 일쑤이다.

어쩌다 맘먹고 제대로 붙어도 어느 종목이든 간에 상대가 누구이든 간에 나의 원칙은 1시간의 규정시간 제한이 있으며 인저리 타임은 10분을 넘지 않는다.

또한 룰 미팅 시에는 상장 시에 꺼내 놓은 자산을 절대로 더 이상 증자하거나 은닉하지 않는다는 원칙을 반드시 관철시키며 거의 무대뽀로 무조건 밀어붙인다.

이러한 나의 노름 패턴을 잘 아는 박 여사는 늘 이 점을 칭찬해 주었다.

기이한 현상은 친구나 가족 간에 노름을 하면 반드시 제한시간 내에 몽땅 잃는데 클라이언트에게 좀 잃어 주려고 하면 반드시 쪼끔 따서 생색을 내게 된다는 거.

친구들은 내게 주책없이 자기 것 먹는 데만 열중하고 판세를 모르고 닭질을 한다고 구박하지만, 클라이언트들은 하나같이 나를 노름의 고수로 알고 있다. 확실히 노름 도박은 마음을 비워야 하는 게 기본 덕목인가보다.

한편 오늘 나는 여기까지만 사설을 읊어야 했다. 박 여사의 칭찬에 기분이 업된 나는 주책없이 어떤 높은 양반처럼 쓸데없는 자랑으로 진도를 나가서 기어이 내 무덤을 팠다.

게임에 관한 한 또 하나 이상한 현상이 있는데, 여자와 마주앉아 옷 벗기 맞고를 치면 나는 언제나 이긴다는 거. 나는 항상 이 점에 대하여 마음을 비울 줄 아는 높은 내공의 소유자 임에 강한 자부심을 느낀다고 자랑스럽게 읊었다.
그런데 다음 순간에 박 여사의 "끙~!" 하는 신음소리가 나더니 찬바람이 쌩~ 일어나게 말했다!

"우리가 신혼여행 때 빼고 평생에 옷 벗기 맞고를 쳐본 적이 있었나?"

와당탕 뚝! 전화기 팽개쳐서 끊어지는 소리가 났다.

아! 쓰잘데기 없는 주둥이라니. 오늘은 날도 추운데 누가 술 먹자는
인간도 없고 집에 들어가기 정말 싫다!

오늘 박 여사가 누구에게나 묻거든,

"짱똘 없다~."

단체로 노상방뇨를

어제는 술이 꽐라가 돼서 오랜만에 모처의 노상 화장실을 이용했다. 부르르 지저리를 치며 노상 화장식에 관한 슬픈 기억을 끄집어냈다.

때는 '88 서울 올림픽', 성화 봉송 전 구간 봉송 행사를 책임진 나에게 무지막지한 사건이 발생했다! 어느 구간이라고는 절대로 말하지 못한다!

우리의 임무는 성화가 도착하기 1시간 전에 도로변에 집객을 유도하는 것으로, 시가지의 도로변에 아무도 없으면 썰렁하니 비행선을 나르고 호돌이 캐릭터로 날뛰고, 치어리더 백여 명을 동원하여 시가지 곳곳에서 「아! 대한민국」 노래에 맞춰 쇼를 펼쳐 집객을 완성하는 임무였다.

우리가 어느 지역에 가면, 그 지역의 관공서에서 알아서 숙식예약을 해주었고 그날도 열심히 낮 행사를 마치고 나서 점심을 먹고 다음 장소로 이동하는데, 버스에서 갑자기 배가 살살 아파왔다.

뒤를 돌아보니, 치어리더 애들 여럿의 표정이 애매하고 단체로 끙끙대는 소리가 들렸다.

108

모두들 화장실이 급하다고 난리. '아니, 무슨 애들이 단체로 이럴 수가 있는가?' 하고 의아해하며 다른 버스에 무전을 하니 그쪽도 상황이 비슷한 모양이었다!

시골길 국도를 달리는 중에 백여 명의 말만한 처녀들이 단체로 들어갈 만한 화장실이 어디 있나? 게다가 나도 인내력의 한계를 느끼고 방법이 없었다!

나지막한 야산 옆에 급히 버스를 세우고 하차 명령을 내렸다!
애들이 체면이고 나발이고 없이 우르르 내리더니, 야산 저쪽으로 냅다 뛰는 무리와 어기적거리는 무리가 섞여 가관이었다!

나도 내려서 체면상 애들 있는 곳을 피해 자리 잡았다. 그런데 조금 있으니 애들이 소리를 바락바락 지르고 있었다. 그렇다. 휴지가 없던 것이다!

허걱! 그러고 보니 나도 없었다!
급한 마음에 자리는 잡았는데, 준비가 안 된 상태.
버스에 남아 있는 애들에게 소리쳤다!

그러나 버스 안에 있는 휴지란 휴지를 다 걷어도 택도 없는 듯. 할 수 없이 우리 직원들이 행사용 전단지를 뭉텅이로 던져 주었고, 그걸 열심히 비벼서 어떻게 해결을 했다. (상상금지!)

그렇게 끝이 났을까? 다음 도시에 당도하기 전에 버스가 두 번 더 서야 했고, 다행히도 중간에 두루마리 휴지를 왕창 사서 버스마다 쟁여 두었더니 마음은 흐뭇하고 한결 풍족했다.

가을걷이를 한 농부의 마음이 그럴까? ㅎ.

세 번째 정차한 곳은 논바닥이었다. 거기서는 어떻게 따로 자리 잡을 길이 없어서 쪼끔 떨어진 거리에 걍~ 자리 잡았다!

시골 논두렁 길에 처녀들 수십 명이 앉아있는 풍경을 본 적 있으신 분? 그걸 바라보며 웃지도 못하고 같이 힘주고 있던 서글픈 총각이 있었다…

나중에 알고 보니 점심식사 메뉴 중 비빔밥에 상한 재료가 있었나 보다. 식중독까지는 아니고 100여 명이 단체로 배탈이 난 것이었는데, 다음부터 나는 행사 전날은 과음을 삼가고, 행사 당일에는 밥을 쫄딱 굶고 물이나 음료수도 거의 마시지 않는다!

중요한 타임에 똥 마렵고 오줌 마려우면 곤란하니까!

우리 딴따라들은 일면 화려하게 보일지 모르지만, 인간의 기본적인 생리를 참아내야만 하는 최악의 3D 직종이라 할 수 있다.

그나저나 그때 함께 깠던(?) 애들이 지금은 잘살고 있나 어쩌나? 그 동네 농사는 잘되고 있겠지?

선수의 정의

어제는 친구들과 모처에서 모임이 있었는데, 처음 가는 식당이었기에 본연의 임무에 충실하고 추가 반찬과 서비스를 잘 얻어내기 위해 실없는 농담 초식으로 서빙 아줌마와 수다 떨기로 고군분투하고 있었는데, 내 뻐꾸기 작업 수완을 보고 있던 오랜만에 나타난 한 친구 녀석이 아베처럼 망언을 툭~ 하고 내뱉었다.

"듣던 대로 선수는 선수네!"

이거 참. 그러고 보니 내 주변의 친구들은 나를 '선수'라고 평가하는 경향이 있었나보다. 당최 날 뭘 보구 '선수'라는 것인지. 자다 봉창도 유분수지.

한 가지 약점(?)이 있다면 식당엘 가거나 술집을 가거나 주인아줌마 주방장 아줌마들 서빙하는 아주머니들과 쉽게 말을 트고 쉽게 친해지는 때문인지는 모르겠으나, 그건 오로지 생존 전략(?)일 뿐 '선수'로서의 기질과는 거리가 있다.

내가 선수가 아니라는 건 진짜 선수들과 비교해 보면 딱~ 알 수 있다. 나는 그들과 본질적으로 목적이 다르고 행동 양식이 다르기 때문이다!

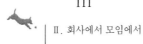

선수들은 대체로 여자들이 많이 모이는 곳에 가는 걸 꺼린다.

왜냐면 재수 없이 예전에 헤어진 원수를 외나무다리에서 만날지도 모르기 때문이고 또한 세상의 여자들 모두가 작업 대상인데 이리저리 얼굴이 많이 팔려봐야 나중에 득 될 것이 없다고 생각하기 때문이다.

그러나 나는 남녀 안 가리고 사람 많은 곳에 여기저기 꼭 끼어서 놀아주고 있다!

선수들은 대개 사람이 많은 곳에서 말을 잘 하지 않으며 자신의 정체가 밝혀질 수도 있는 호구조사성 대화를 꺼린다. 이리저리 묻고 대답하다 보면 실수를 할 수도 있기 때문인 것이다. 가령 어느 학교 졸업생이다 하면 그곳에 초대된 친구들 중에는 그 학교의 인맥과 연결되는 사람이 꼭 한두 명씩은 있기 마련이고 자칫 과거가 들통나게 된다는 논리이다.

그러나 나는 관중이 많을수록 응원하는 맛이 나듯이 힘이 불끈불끈 나며, 조용히 섞여서 노는 것도 아니고 구라빨로 나서서 난리를 치고 놀고 있다.

그러므로 나는 절대로 선수들 범주에 속하지 않는다는 이러한 침 튀기는 주장에도 불구하고 나에 대한 선입견이 깊이 박혔는지 어쩐지, 좌중의 분위기는 당최 설득되지 않았는데 이때 마침 우리집 박 여사의 전화가 걸려왔고 방정맞은 친구 하나가 내 전화를 뺏어서 한참 수다를 떨더니만 박 여사의 증언 한마디를 대변하는 걸로 분위기를 평정해 주었다. 박 여사 말씀이 이러했단다.

"주둥이만 선수면 모하냐? 아랫도리가 당최 부실한 데다가 밤마다 술이 꽐라로 취해 들어와서 자빠져 자고 그게 아니면 맨날 삼실이나 찜방에서 디비자는걸. 쯧쯔~."

아! 박 여사의 그 증언 한마디에 좌중이 일제히 고개를 끄덕이며 매우 긍정하는 분위기였고 나는 드디어 '선수'라는 의혹에서 완전히 벗어날 수 있었던 것이었다.

그런데 그 시간 이후로 모두들 나를 바라보는 시선이 측은하고 재수 없어 뭔가 내 마음이 찜찜했다. 그냥 선수로 남을 걸 그랬나보다.

엄처시하

요즈음 미투운동 광풍 속에 남녀평등론이 여기저기서 회자되고 있는데 우리처럼 나이 60 전후 세대는 계급장도 이미 다 떨어지고 평등을 넘어 역전 상황, 소위 엄처시하의 상황에 직면해 있다.

엄처시하[嚴妻侍下] (엄할 엄 아내 처 모실 시 아래 하)
요약: 엄한 아내 아래에서 아내를 모시며 살아가는 남편.

주변의 친구들은 술자리에서 마눌님들에게 당한(?) 증언으로 우리들만의 미투 운동이 벌어지고 있다.

사례 ❶ 어느 주말 어느 부부가 마트에서 일주일치 장을 봤다. 일주일 치 물량이니 크게 몇 봉다리 되었는데 아파트 도착 후 엘리베이터에 올라탔고 남편은 양손 가득 물건 보따리가 들려 있어 15층으로 가는 버튼을 누를 수 없었기에 잠시 눈만 꿈적이고 서 있었다.

그 순간 명품 핸드백을 어깨에 걸치고 가장 가벼운 봉다리 하나를 달랑 들고 있던 그 집 마눌님이 짜증스런 표정으로부터 도발스런 강력한 레이저 눈빛이 발사되었다.

남편은 뒤늦게 알아차렸다는 듯이 세상 비굴한 깨갱스런 표정으로 눈 내리깔고 조용히 한 손의 보따리를 내려놓고 15층 버튼을 누른 후

마눌님을 향해 배시시 웃었다.

　사례 ❷　예전에는 거실이든 화장실이든 가족 성원 누구의 눈치도 보지 않고 집안에서도 담배를 피울 수 있는 우리였드랬다. (아~~ 옛날이어~~) 그러나 작금의 상황은 실내 흡연은 어불성설이며 게다가 시시때때로 금연에 대한 무언의 압력까지 받는 현실이다.
　하물며 여행 중에 휴게소 등에서 참았던 담배를 겨우 한 대 피우고 차에 탑승하면 담배 냄새가 난다며 난리난리. 가글이라도 하고 오라며 핍박을 받기 일쑤이다.
　그런데 주말 나른한 시각 분리수거 물품을 끄집어내던 마눌님은 의외의 멘트를 무슨 선처 베풀 듯 날린다.
　"담배 피우러 안 나가나?"

　이 말의 뜻을 작금의 상황에 따라 지대로 해석하면 이러하다.
　"빨리 분리수거 정리해서 수거장으로 나가라! 나가서 한 대 피우고 오든가 말든가."

　내 보기에 이 땅의 남편들에 의한 미투 운동이 가열차게 시작될 기운이 엿보인다.

　다만 정신적으로 이미 자포자기 상태인 불가항력적인 상태의 친구들도 있는데 우리 친구 봉식이의 특이한 화법이 그 증거인데 그 친구는 늘~ 이렇게 말한다.
　"우리 와이프가 그러는데."

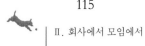

바햐흐로 공자 왈 맹자 왈 시대를 넘어 와이프 가라사대 화법의 경지에 오른 것이다.

난 데스까?

오늘 새벽엔 미쿡으로 이민 간 친구 하나가 어디서 들었는지 병문안 전화를 했다. 이 친구의 예전 별명은 "쪽발이"였었고 별명과 관련한 이 친구의 전설이 하나 있다!

친구는 생긴 게 누가 봐도 딱 그렇게 생겼는데 동글동글한 얼굴에 뺀질끼가 다분하고 40대 때부터 살짝 까진 이마와 비겁한 눈초리, 금속성의 동그란 안경테(그 안경테만 고집), 게다가 살짝 까진 이마를 감추느라 평소에 도리구찌를 쓰고 다녀서 누가 봐도 아주 영락없는 쪽발이 행색이다!

당시 이 녀석의 사는 집구석이 광명 쪽이었는데 한번은 서울에서 그쪽으로 넘어가는 다리 위에서 기습 음주단속에 딱~ 걸린 적이 있었다.
술이 많이 취하지는 않았으나 왠지 찝찝한 상태인 친구는 뭔가 대책이 필요했는데 급한 마음에도 문득 친구들이 평소에 해 준 말이 다음과 같이 생각나더란다.

"넌 진짜 쪽발이 같이 생겨서 일본말만 몇 마디 하면 음주단속 같은 거 걸려도 외국인 상대하기 싫은 경찰 애들이 그냥 보내줄끼다!"

그러나 이 친구 녀석이 생긴 것만 쪽발이 형상. 일본말이라고는 전혀 깡통이고 일본 관광 가서 배운 딱 세 가지가 있었다.

난 데스까? (무엇입니까?)
이꾸라 데스까? (얼마입니까?)
아리갓또! (고자이마스는 생략 감사하므니다!)

차가 줄지어서 검색을 기둘리는 동안 친구는 심호흡을 열심히 해가 믄서 본인이 유일하게 아는 세 가지 일본말을 최대한 좋은 발음과 억양으로 구사할 수 있도록 필사적으로 연습을 했단다.

드디어 본인의 검색 차례. 의경이 창문 내리라는 표시를 하길래 창문 내리고 선수를 쳤다!
"난 데스까?" (뭡니까?라는 억양으로)

의경이 순간 당혹해 하면서 두 손으로 연신 작은 사각형을 그리며 면허증을 연상시키려 노력하더란다.

그래서 두 번째 멘트를 날렸는데,
"나니가 데스까?" (무얼 말하는 겁니까?라는 억양으로)

신경질이 난 의경이 포기한 듯 손바닥을 짜증스럽게 팔랑대며 그냥 지나가시라고 안내를 하더란다!

이때였다!

이 친구 용의주도한 쪽빨이 같은 이 인간의 머리에 스치는 장면이 있었으니, 아주 오래전이지만 2차 세계대전 배경의 어떤 영화에서 보았는데 미국 스파이가 독일에 잠입해서 임무 완수를 잘하고 돌아오는 길목의 마지막 검문소에서 독일말로 유창하게 임기응변 위기를 잘 넘기고는 마지막 지나가는 인사 멘트를 "당케~!"라고 했어야 하는데 "땡큐~!"라고 발음해서 발각! 체포되고 작살나는 장면이 있었단다.

용케 그 장면을 기억해낸 이 어설픈 쪽발이는 과도한 몸짓 제스쳐까지 쓰면서 마지막 초식을 날렸단다!

"나니노 데스까?" (뭘 우짜라는 거냐?라는 억양으로)

그랬더니만 그 의경이 정말로 열이 받았는지 차 앞쪽으로 나아 가서는 온몸으로 국민체조할 때 노 젓는 폼으로 제발 좀 빨리 가라는 팬터마임을 연출하더란다!

그제서야 뻔뻔한 이 쪽빨이는,

"아리갓또가 이꾸라 데스까!"라고 (얼마나 고마운지 몰라어!라는 억양으로)

말 같지도 않은 되도 않는 마무리 멘트와 함께 우아하고 럭셔리한 자태로 유유자적 그곳을 뻐져 나왔다는 전설이 있다. 믿거나 말거나 논픽션이지만 절대로 모방범죄 따라 하지 마시기 바람.

통화 말미에 한국엔 언제 오냐고 물었더니, 공소시효가 어쩌구 개가 풀 뜯어 먹는 소리나 하더만.

콩글리쉬

우리 회사 협력업체 중에 무대제작 및 디스플레이 전문 업체가 있는데 담당자는 오필승 상무다.

오 상무는 오십 대 후반의 충청도 사람인데 학력은 국졸인가 중졸인가 그렇고 어린 나이에 혈혈단신 상경하여 목수 시다바리로부터 일을 시작해서 이제는 어엿한 영업의 달인이 되었고 현장 인부들에게 카리수마가 대단하여 눈치 9단의 각종 상황대처 능력으로 임기응변 일도 아주~ 잘하는 편이고 충청도 부여 사투리가 구수하며 넝담도 진담처럼 말하는 재주가 있고 자존심 정말 강하고 푸라이드 또한 대단하다.

나와의 가격 협상 과정 중에 단가 조정이 자기 맘대로 되지 않으면 대화하다 말고 늘어놓은 서류 챙겨서 보따리를 싸는 초강수를 두곤 하는데,
"이거 우린 안 맞어! 난 못혀!"
한마디 내뱉고 일어나 나가는 시늉만 한다.

나는 분위기상 잡는 척은 해 주지만 진짜로 잡은 적은 한 번도 없다! 지가 알아서 다시 들어올 거니깐.

120

그런 오 상무가 언젠가부터 협상이나 회의를 할 때에 어디서 주워들은(?) 영어를 많이 애용하는데 발음이 괴상하여 여러 번 갈쳐 주는데도 아직도 "디스플레이"로 끝나질 않고 늘 "디스플레이트"라고 발음하며 "딜리버리" 또는 "델리바리"라고 하라고 아무리 갈쳐 줘도 꼭 그놈의 "트" 발음을 낑겨 넣어서 "델리바이트"라고 하고 "네고"라고 갈쳐 줘도 꼭 혀를 굴려가며 "뢰~고"라고 하며 "코싸지"라고 갈쳐 줘도 끝내 "꽃싸지"라고 고집하고 있다!

엊그제 오전에도 오 상무가 입장하여 회의 테이블로 낑겨 앉으면서 우리 직원들에게 너스레를 떨며 말했다!

"8월 행사 디스플레이트 꺼리 빨랑 안주냐? 요새 우리 디자인 하는 늠이 똥 싼 강아지 맹키로 진짜로 바빠서 시안 델리바이트 맞추기 무진장 힘들어! 아그들아! 알써?"

한편 엊그제 어느 술자리에서는 독실한 크리스챤인 선배 한 분이 미국 유학 시절 영어 스트레스에 관한 에피소드를 한가지 이야기해 주었는데 미국에서도 교회는 꼬박꼬박 나가야겠기에 처음으로 현지 교회에 나가서 기도를 했는데 왠지 미국 교회에서의 기도는 하나님께도 영어로 말씀드려야 할 거 같아서 속으로 열심히 영어로 기도를 했는데 어느 순간 정신을 차려보니 정작 기도 내용의 충실도는 사라지고 머릿속에서 기도 내용을 영작하느라 머리가 뽀샤지고 있더란다.

내 경험으론 그까이꺼 하나님도 그렇고 현지인들도 어설픈 콩글리시 영어라도 다 알아듣더라만. 아닌가? 아님 말고.

알쓰리 골드

우리 회사 동네 목욕탕은 상호명만 사우나지 실상 시설의 수준은 3류 목욕탕이다. 그래도 자주 들락거리다 보니 나처럼 자주 오는 몇몇 멤버들과 친해졌다. 원래 남자들은 홀딱 벗고 대화하면 급속히 친해지기 마련이다.

오늘 아침엔 한 떼거리 청년들이 다녀갔는데, 왁자지껄 조폭 분위기를 연출하였고, 나를 비롯한 목욕탕 주요 멤버들은 찍소리 못하고 숨죽여가며 현란한 그래피티 문신예술을 감상하다가 그들이 모두 나가고 난 뒤에야 휴게실 평상을 점령하고는 그들의 문신에 대한 감상평을 얘기했는데 문득 자신들의 흉터 자랑으로 이야기가 전환되었다.

그러고 보니 자세히 보질 않아서 그랬는데, 모두들 별의별 흉터와 수술 자국이 있었다.

이발사 아저씨는 아무리 보아도 딱~ 맹장 자국 같은데 칼에 찔린 자국이라면서 침 튀어 가며 무용담을 얘기하고, 꽃집 아저씨는 군대에서 다리를 다쳤다며 (내가 보기엔 불에 덴 자국 같지만) 뼛속에 철판 박은 얘기를 늘어놓고, 슈퍼 아저씨는 팔뚝의 수술 자국이 도둑놈 잡다가 결투 끝에 생긴 거라 하고, 마지막으로 노래방 아저씨가 얼굴에 난 칼 자국으로 좌중을 압도하였다.

그러더니 모두들 다음 차례라는 듯 내 얼굴을 빤히 쳐다보는데, 나는 땜빵 자국도 흉터도 수술 자국도 변변한 게 한 개도 없어 참으로 난감하였다.

그때였다. 갑자기 딱 한 곳의 수술 자국, 아랫도리를 쨌던 기억이 났다. 그래서 표시는 안 나지만 몇 년 전에 여기를 쨌던 적이 있다고 고백했다!

모두들 눈이 휘둥그레지면서 이유를 묻는데, 나는 차마 그들에게 쪽팔리게 그냥 목욕탕에서 재수없는 병이 걸렸다는 식의 재미없는 진술로 그들을 실망시키기 싫었다는 생각에 급하게 말을 지어냈다!

병에 걸린 건 아니고, 미래를 위해 투자했었노라고. 비아그라 따위가 필요 없는 최첨단 전자동 제어장치를 장착하였노라고. 장착한 장치의 모델명은 '알쓰리 골드 풀옵션 오토메틱 내비시스템'이라고.

그러자 부러운 탄성 울리고 좌중의 눈빛이 하향 집중되었다. 더 이상 진행했다가는 거짓말이 탄로 나고, 게다가 (공짜는 아니겠지만) 한 번씩은 만지게(?) 해 줘야 할지도 모른다는 심각한 위기의식을 느끼면서 슬그머니 옷을 집어 입고 목욕탕을 나오는데 나의 일거수일투족을 살피는 그들의 눈초리에 뒤통수가 따가웠다.

그 여파가 아직도 남아 있는지 머리가 떵~ 하고, 내일부터 목욕탕에 가면 어찌 처신해야 할지 어지럽다. 에효~ 나이들 먹어서 왜 이러고 유치뽕으로 노나? ㅎ.

에헤라디여~~.

산상 대화

어느 날 밤 우면산 꼭대기에 산신령 뽀대가 나는 몇 사람이 앉아 라면을 끓여서 소주잔을 기울이며 밤 풍경을 가득 메우고 있는 이끄트 불빛들을 바라보며 수다빨을 최대치로 끌어 올려서 두런두런 세상살이에 관한 이런저런 대화를 나누고 있었다.

— 짱똘

세상천지가 온통 투전판 같습니다. 핏발 세워 부동산에 투자하는 사람들에게 꼬락서니가 어쩌니 하며 삿대질해대고는 있지만 실제로는 돈이 없어 못 하는 게 배가 아픈 건지도 모르겠습니다. 그러니 우리의 삿대질은 결코 건강한 도덕적 가치관으로 무장된 양심에 기초한 삿대질이 아닐지도 몰라서 제 손가락이 불쌍하더군요. 정치판은 정치판대로 지들끼리 맨날 먹었니 안 먹었니 지랄들이고 민생은 내팽개친 지 오래고 난데없이 역사 교과서 문제에 올인하고 난리가 났네요. 에혀~ 이 시대를 살아가는 데 도움이 될만한 여러분의 가르침이 있으셨으면 합니다.

— 신선 ❶

이 시대를 사는 우리 모두는 물질을 좇는 불나방처럼 무모한 올인을 하고 사는 것은 아닌지 모르겠습니다.

특히 돈이란 놈은 제 멋대로여서 안기고 싶으면 철퍼덕 안기고 저 싫으면 홀러덩 빈껍데기만 남겨놓고 떠나버리는 놈이지요.

인간의 역사에 물질의 현혹으로부터 자유로웠던 때가 어디 있었겠습니까마는 요즘처럼 자나 깨나 돈에 목마름 하는 인간들의 메아리가 처절한 때도 드물 것이라는 개탄스러운 생각을 하게 됩니다만.

— 신선 ❷

자고 나면 몇억씩 오르고 연일 오르다가도 무슨 무슨 부동산 정책이 쏟아져 나오면 자라 목처럼 쏘옥 몇억이 내려갔다가 어느 순간 몇억씩 올라가기도 하는 도깨비방망이 같은 게 부동산입니다.

몇억 끌어들여 아파트를 사고 그 아파트를 담보로 또다시 몇억을 대출받아 아파트를 매입하고 또 매입하고 우리 같은 머슴놔의 소시민적 간뎅이로는 감히 흉내조차 낼 수 없는 것이 아파트 부동산 투자인 모양입니다. 쩝.

— 신선 ❸

부동산 정책이 나오면 어김없이 나오는 민심 속에는 더욱 강도 높은 부동산 정책이 필요하다는 볼멘소리가 있는가 하면 게으르고 어리석어서 투자 못 하는 것들이 남들이 돈을 잘 굴려서 부동산으로 늘어나는 재산을 가지고 타박만 한다면서 힐난하는 여론까지 있습다.

그러나 보통의 사람들이 아둔하고 미련해서 돈을 벌지 못하는 게 아니며 돈 되는 것을 뻔히 들여다보고 있으면서도 차마 새 가슴을 가지고는 몇억씩 은행 대출을 엄두 내지 못하기 때문이고 그러면서도 한편으로는 상식 밖의 부동산 투자 열풍이 그리 오래가지는 않을 것이라는 소박한 믿음이 있기 때문이겠지요.

─ 신선 ❹

얼마 전에 뉴스에서 본 다주택 보유자들의 존경스러운(?) 투자비법을 보니 아뿔싸! 역시나 간뎅이가 크고 볼 일이었습니다. 저는 아! 나의 새가슴! 아! 나의 쪼그라진 간뎅이여! 라고 속으로만 울부짖기도 했습니다.

─ 신선 ❺

우리는 부동산 투자자 정확히는 투기꾼들을 욕할 수가 없습니다. 이미 만능키가 되어버린 돈을 좇는 이 시대. 돈이 돈을 번다고 하질 않던가요? 우리는 돈의 검붉은 유혹에 만신창이가 되어 버렸습니다.

사람이 돈을 좇으면 망한다고 하시던 어른들의 말씀은 옳습니다만 그건 돈이 제 발로 사람을 찾아 들어오는 것이 순리라는 말씀인데 돈 냄새가 나는 곳에는 언제나 똥파리처럼 몰려드는 모습이라니. 에혀~.

저 역시도 IMF 시절에 많은 손해를 본 이후 어찌어찌 간신히 밥은 굶지 않은 것을 다행으로 여기며 억지 춘향으로 무소유의 미학을 즐기고 있을 뿐 알량하게 남겨 둔 시골의 땅뙈기가 잘 되기를 바라고 있는지도 모르지요.

─ 짱똘

(머뭇거리며) 그나저나 사당역 앞의 로또 판매소가 매주 히트를 친다는 소문이 무성한데요. 우리도 한번은 작은 투자나마 도전을 해 보아야 하지 않을까요?

— 신선들 일동

(벌컥 화를 내며) 예끼 여보슈! 그런 정보는 뜸 들이지 말고 얼른얼른 얘기를 해야지!

쓸데없는 소리는 이제 그만하고 어여 사당역 쪽으로 하산하세. 다들 어여 가보세나! 그나저나 몇 번 출구 쪽에 있다고?

짬뽕 국물에 군만두

얼마 전 응원단 동문 모임을 위해 학교에 놀러 갔는데 잠시 전체 모임에 참가했다가 워낙에 모인 인원도 많고 기수 차가 커서 노땅(?)들끼리 조용히 빠져나왔다.

나야 늘 지속적으로 후배들과 함께했기에 날 모르면 간첩이라 할 정도로 여러 기수의 후배 애들과 친하지만 오랜만에 나타난 노땅급 후배들은 어린 후배들과의 자리를 힘겨워하는 경향이 있기 때문이다.

어디로 튈까?
잠시 여러 잔대가리가 굴러가다가 애들이 절대로 못 찾아올 곳을 찾다가 오랜만에 근처 중국집으로 갔다!

옛날 생각이 나서 짬뽕 국물과 군만두에 소주를 시켜 놓고 낄낄대며 옛날 옛적 에피소드들을 새록새록 기억해 내며 수다 떨었다.

옛날엔 돈도 별로 없이 무슨 술을 그렇게 먹어 댔는지. 열댓 명이 중국집에 가면 짬뽕 국물 딸랑 두 개 시켜 놓고 소주는 한 박스를 마셔 댄 기억이 났다.

어쩌다가 군만두 하나를 추가 주문하면 원래는 한 접시에 12개가

128

정량인데 단골 중국집은 머릿수를 맞춰 주었다.

14명이 있으면 14개, 15명이 있으면 15개짜리 군만두가 나왔고 1인 당 한 개씩의 군만두를 할당받으면 성질 급하고 더러운 몇 놈은 한방에 꿀꺽이지만 대개는 술 몇 잔에 나눠서 안주로 삼곤 했다. 지금 생각하면 불쌍하다!

한번은 그렇게 술을 먹는 자리에서 우리 동기 한 놈이 화장실을 다녀오더니만 웃음을 참느라 혼자 큭큭 대고 난리가 났다!

그러더니만 후배 녀석 한 놈에게 담배 심부름을 시켰고 후배 녀석은 잠시 쭈빗대다가 밖으로 나갔는데 그 후배 놈이 나가자마자 우리 동기 친구가 깔깔 대면서 그 후배 놈 자리로 가더니만 의자를 들추고 먹다 남은 군만두 하나를 들어내었다.

다들 이게 뭔가 했는데 그 후배 놈이 어쩌다가 머릿수보다 초과되어 배달된 군만두 하나를 꼬불쳐서 바닥에 신문 깔고 내려놓고 야금야금 먹다가 내려놓고 그랬던 거란다!

다들 술 처먹고 웃고 까부느라 딴 인간들은 미처 보지 못하였는데 우리 친구가 화장실 다녀오면서 딱 이 장면을 목격한 것이었다는 것이고.

우리끼리 다시 한바탕 웃고는 그 후배 놈이 민망할까 봐서 그 자리에 다시 원상복귀 해 놓고 입에 지퍼 채우기로 약속들을 하고 유쾌하게 잘 놀고 헤어졌다!

그 비밀을 20여 년간 묻고 살았는데 며칠 전 그날 얼떨결에 밝히게 되었고, 극구 부정하던 후배 놈은 여러 사람의 증언에 결국 손을 들었다.

그날 짬뽕 국물에 군만두에 양장피와 고추잡채를 추가로 시킨 것까지 그놈이 찍소리 못하고 계산하면서 이걸로 이 비밀을 무덤까지 가져가 달라고 신신당부를 했다.

그러나 우린 그렇게는 절대로 못 한다. 그 녀석 요새 돈을 많이 벌었다는데 앞으로 많이 베껴 먹기로 작당하고 왔다!

운동회 줄다리기

며칠 전 〈나 혼자 산다〉라는 TV 프로그램에서 운동회를 재미나게 진행하고 있었는데, 그중 역시나 줄다리기 게임이 재미있었다.

사람들은 각종 모임이나 단체에 속하여 봄 가을로 운동회에 참가하기 마련이고 언제나 그렇듯 현장의 풍경은 즐겁기는 한데, 문제는 운동회인지 술판인지 분간이 안 간다.

대개 아침 댓바람부터 시작된 술은 점심시간을 정점으로 하여 난장판이 되고, 오후에는 꼴뚜기 몇 마리가 운동장을 헤매고 다닌다.

가끔은 멱살잡이도 보이고 치어리더라도 출현하여 응원쇼를 하면 평소에 얌전하던 인간들이 별의별 주접도 떤다.

그러나 나이가 들면서 그런 모습들이 그렇게 추해 보이지도 않고, 오히려 안 보이면 섭섭하거나 허전하기도 하다. 어쩌면 그런 모습들이 일상을 다 내려놓고 어린 시절로 돌아가 노는 운동회의 또 다른 재미일지도 모른다는 생각이 든다.

운동회 종목 중에 빠지지 않는 단골 메뉴가 있다.
계주 이어달리기와 줄다리기.

모두 술에 취해 있어 궁둥이들이 무겁기에 계주는 똘똘한 놈 몇 놈만 대표로 나오면 되는데, 줄다리기는 경기에 참가하라고 아무리 독촉을 해도 당최 모두들 텐트 밖으로 나오질 않는다.

한번은, 어느 운동회에서 경기를 진행하는데 역시나 줄다리기 경기는 술판에 퍼진 선수들이 뺀질거리고 있어 선수 동원이 쉽지 않았다.

이럴 때는 다른 방법이 없으니 초강수를 시전한다. 양쪽 선수 숫자가 다르거나 말거나 관계없이 우선은 무조건 경기를 시작해 보는 거다.

1차전은 인원수가 조금 더 많이 나온 청군이 당연히 승리한다. 세트 스코어 일 대 빵.
이어서 2차전에 돌입하려는데, 백군 쪽에서 일개 소대 병력이 우르르 뛰쳐나왔다.
2차전은 예상대로 백군의 승리로 세트 스코어 일 대 일.

요 대목에서 갑자기 양쪽팀에서 술 먹다 말고 인간들이 왕창 몰려나왔다. 마시던 소주잔을 들고 나온 놈, 씹고 있던 오징어 물고 나온 놈, 장갑 빨리 달라고 설레발 치는 놈, 별의별 아우성으로 경기 분위기는 최고조에 달했다.
3차전은 백군 승리, 4차전은 청군 승리, 인원 충원은 계속되고 있었고, 이제 세트 스코어 2:2 상황이 되었다.

마지막 5차전이자 결승전.

운동장 끝에서 끝까지 그 길던 줄에 더 이상 잡을 곳이 없도록 인간들이 꽉 들어찼고, 하물며 집에 가다가 전화를 받고 차를 돌려 돌아온 인간도 있었다고 한다.

드디어 5차전이 시작되었다.

양쪽으로 줄이 팽팽하게 당겨지던 그 순간에 양쪽에서 동시에 "우와~" 하는 함성과 함께 "어이쿠~" 하는 소리가 동시다발적으로 들려왔다.

아! 그 튼튼해 보이던 마닐라삼 동아줄이 정확히 중간 부분에서 "딱!" 끊어져 버렸다.

줄은 끊어졌는데, 양쪽에서는 줄이 당겨진 자기네 팀이 이긴 줄로 알고 만세를 부르며 길길이 날뛰고 있고, 몇 명은 땅바닥에서 나뒹굴고 있었다.

잠시 후, 뒤늦게 줄이 끊어진 걸 확인하고는 양쪽팀 선수들의 내게 거세게 항의를 해 왔다.

"너! 이거 연출이지?"

"줄을 미리 끊어 놓은 거였지?"

평소에 구라빨에 사기행각으로 찍혀있던 나는 뭐라 변명도 못 하고 무승부를 선언한 후, 실실 웃고만 있었다.

그런데 사실 내가 웃고 있었던 이유는 딴 데 있었다. 줄이 끊어지는 순간에 뒤로 발라당 넘어진 사람 중에는 겁나 뚱뚱한 아줌마들이 몇 명 있었는데, 나는 그 난리 통에 아줌마들의 홀라당 뒤집힌 치마 속을 보고 말았다.

아무튼, 운동회는 즐겁다!
에헤라디여~

마라톤 유감

지난 주말 국내 최대의 마라톤 대회가 있었고, 몇몇 지인들의 완주 자랑질 사진을 여러 장 받았다.

내 주변엔 마라톤을 즐기는 사람들이 많아 함께 운동하자고 꼬드기곤 하는데, 나는 오래달리기를 절대로 싫어하므로 모두 무시하고 등산과 자전거에 매진해 왔다.

내가 오래달리기를 싫어하는 이유는 어릴 적 나만의 아픔이 있기 때문이다.

때는 바야흐로 초등학교 6학년 때, 존경하는 담임 선생님이 계셨는데 선생님은 내게 좋은 기억과 슬픈 기억을 주셨다.

먼저 좋은 기억이 몇 가지 있는데, 젊은 나이의 초짜 선생님이셨기에 아이들과의 소통을 위한 열정이 넘치셨고, 주말마다 우리를 데리고 풍경 좋은 산과 들, 바다로 데리고 다니시면서 그림을 그리게 하셨다.

선생님께선 수준급 화가셨는지 어쩐지 우리에게 별도의 그림지도를 해주셨기에, 덕분에 나는 미술대회 상도 많이 탈 수 있었고 한때나마 화가의 꿈을 키운 적도 있었다.

그리고 나중에 들은 바로는 당시 본인의 풍금 실력이 개판(?)이셨다는데, 풍금 앞에서 노래를 가르쳐 주실 때에는 TV에 나오는 송창식보다도 멋져 보였다. 내가 기타를 배운 것도 선생님 때문이었으며, 가수가 되어볼까 하는 꿈도 꾸어 보았으며, 평생을 딴따라로 살게 된 계기가 이때부터 싹트기 시작했나보다. ㅎ.

한편, 선생님은 육상부 코치도 하셨는데 슬픈 기억은 바로 그 육상 때문이었다.

한동네에 사시는 선생님을 따라서 아침마다 조깅 운동을 얼마간 함께했는데 얼떨결에 교내 단축 마라톤 대회에서 3등이란 우수한 성적을 차지하게 되었고, 그 성적을 근거로 학교 대표로 발탁되어 시에서 주최하는 육상대회에 진출하게 되었다.

당시 초등학생인 내가 출전한 종목은 5천 미터 단축마라톤으로 400미터 트랙을 12바퀴 돌아야 하는 건데, 두 바퀴 또는 세 바퀴 정도 돌았을 때 어느 놈들이 휙~ 휙~ 바람 소리를 내며 지나갔고 트랙에 나와 있던 경기 진행 선생님이 나를 트랙 밖으로 잡아끌어 걸러냈다.

앗! 나는 나름대로 페이스 조절 중이었는데, 선두그룹에 추월당했으니 탈락시킨 것이었다.

실상 힘들게 뛰어봤자 등수에 들 수도 없었겠지만, 무지하게 열 받는 상황이었고 엄청나게 분했다.

그런데 문제는 그다음 상황이었다.

아시다시피 어린이 육상대회는 인기도 없고 관중도 그리 많지 않았는데, 관중들은 거의 모두가 본부석 쪽에 포진한 상태로 내가 탈락당한 지점은 정반대편이었다.

트랙 외곽으로 빙~ 돌아 본부석까지 가는 그 거리가 너무나 길었으며, 소심 A형인 나는 창피함에 어찌할 줄을 몰랐고, 관중석에서 모두 나를 째려보고 있는 듯 보였으며 억울해서인지 어쩐지 눈물은 왜 그리 나는지… 걸어 나오는 시간이 끝도 없이 길었다.

경기가 모두 끝나고 집에 돌아와서도 충격에서 벗어나는 데 한참 걸렸으며 그 후론 달리기가 무조건 싫었고, 마음의 상처가 깊었는지 지금도 일이 엉키고 설켜 막막한 상황에 접하면, 그때의 그 운동장, 아픈 기억이 떠오르곤 한다.

지금 그 선생님은 퇴직하셔서 제주도에 사시는데, 가끔 제주도에 놀러 갈 때마다 뵙고 술 한잔을 대접하면서 그때 이야기를 안주로 있는 꼬장 없는 꼬장을 실컷 부리곤 한다.

에헤라디여~.

III

일상이야기

막걸리 예찬

젊은 시절에 술을 한잔하려면 주로 막걸리를 마셨던 것으로 기억한다. 처음 술을 배우는 입장에서는 쓰디쓴 소주보다는 막걸리가 목으로 넘기기 좋았기 때문이리라!

그러나 막걸리의 단점을 알고부터는 소주로 주종을 전환하게 되었는데 막걸리는 한따까리 완샷을 해야 제맛이어서 서너 잔 마시면 이미 포화 상태로 배가 부르다는 것이 첫 번째 이유였고, 또 하나의 문제는 냄새인데 그 시절 사귀던 여친이 너무도 심각하게 이렇게 말한 기억이 있다.

"같은 술 냄새라도 소주를 마시고 뽀뽀하면, 향긋한 냄새가 나는데, 막걸리 먹고 뽀뽀하면 죽음이야."라고 쩝.

군대에서도 역시나 술은 막걸리가 대세였다. 이런저런 이유로 회식이라도 하게 되면 으레 막걸리 몇 말이 준비되었고 특별한 안주 없이도 코가 삐뚤어지게 마셨다.

그런데 무슨 의학적인 검증이 있는지 어떤지는 몰라도, 소주 먹고 취한 놈과 막걸리 먹고 취한 놈의 술꼬장 형태가 매우 다르다고 하는데 막걸리 먹고 취한 놈의 꼬장은 가관이란다.

나는 개 버릇 남 못 준다고… 대학 시절의 술버릇이 군대에 가서도 맘껏 발휘되어 부대 내에서 골치 아픈 술꼬장의 대가로 불렸고 그 덕분에 졸병 시절엔 회식만 끝나면 새벽에 집합되어 술이 다 깰 때까지 얼차려를 받았으며, 나중엔 고참들이 내게는 소주는 먹여줘도 막걸리는 절대로 따라주지 않았다. 쩝.

최근, 나이가 들면서 막걸리의 묘~ 한 감칠맛이 또 다르게 느껴지고 있다. 건강상의 이유로 취할 만큼은 아니지만 한두 잔씩 마시며 맛을 음미해 보는데, 정말 꿀맛 같을 때가 있다!
막걸리를 마실 땐 꼭 건배를 해야 제맛! 쬐간한 소주잔이나 양주잔과는 다른, 투박하면서도 정겨운 건배의 맛이 있다.

막걸리 먹고 거나하게 취기가 오르면 자연스럽게 흘러나오는 노래가 있는데, 평소엔 좋아하지도 않는 트로트 노래다!
이상하게도 막걸리를 먹고 댄스나 발라드 장르의 노래를 부르면 왠지 걸쩍지근하다.

내가 막걸리를 먹고 취하면 흥얼대는 노래는 나훈아의 「건배」라는 노래다. 이 노래의 하이라이트는 후렴부에 있다!

가는 세월에~ 저 가는 청춘에~
너나 나나 밀려가는 나그네~
빈 잔에다 꿈을 채워 마셔 버리자~
술잔을 높이 들어라~ 건배~

141

어젯밤에도 선바위 우면산 자락에는 이 노래가 우렁차게 울려 퍼졌
다나 뭐라나.

오늘도 날씨가 우중충 찌개 날씨이니 한따까리 또 해야 하려나? 에
헤라디어~~.

칼국수를 먹다가

어제 점심때는 친구 녀석이 회사에 들렀기에 직원들과 함께 밥 먹으러 칼국수 집에 갔다!

우리 동네 칼국숫집은 내가 좋아라 하는 집인데 시골스런 국물맛과 부드러운 면빨이 죽이고 4천 원짜리 가격대비 양도 꽤나 많이 주는데 서비스로 500원짜리 공깃밥도 준다.

친구가 시골스런 칼국수 맛에 뻑~ 가서 어린 시절 옛날 향수에 젖어 못살던 시절의 구슬픈 애환을 전개하였다.

친구는 원래 칼국수나 수제비 같은 밀가루 음식을 싫어했단다. 어릴 적에 하도 많이 먹어봐서. 그나마도 하루에 한 끼만 먹을 수 있었다는데 그렇게 배가 고픈 중에 먹었는데도 넌덜머리가 나더라는 것이었고.

점입가경, 눈물 없이 들을 수 없는 감동의 드라마는 연속극처럼 계속 이어졌다. 어둠 속에서 씨고구마를 훔쳐서 깎아 먹다가 칼에 베어 손가락이 짤릴 뻔했다는 대목에선 모두들 친구의 손가락 상처를 한 번씩 만져주고 감탄사를 내줘야만 했다!

그런데 한참 얘기가 진행되다 보니 음식을 남기면 죽일 놈이 되는 묘한 분위기가 조성되어 있었고 우리나라 음식 쓰레기 문제, 어린애들의 식탁 예절 및 가정 교육문제까지 심각 모드로 전환되었다.

그 집 칼국수는 양이 꽤 많은 편이고 면빨도 맛이 있지만, 특히 국물맛이 좋아서 나는 일단 칼국수가 서빙되면 먼저 밥부터 말아서 먹고 국수는 적당량 먹다가 남기는 편이었는데, 오늘은 분위기가 껄쩍지근한 상황이었으므로 남기고 일어나기가 곤란한 지경이었다.

친구 녀석은 뱉은 말도 있어서 그런지 체격도 야리야리한 놈이 세숫대야만한 그릇에 담긴 칼국수에 공깃밥까지 말아서 홀라당 비우고 다른 사람들의 식사 상황을 보며 임무완수를 지켜보고 있는 눈치였기에 고문과 같은 분위기의 식당을 탈출하고 싶어 어쩔 수 없이 꾸역꾸역 다 먹었다!

그런데 열심히 잘 먹고 난 나에게 친구가 물었다.
"짱똘 너 칼국수를 진짜로 좋아라 하는구나!"
"으응 아주~ 좋아라 하지!"
"근데 배부르지 않냐? 예전엔 깔짝대더니 이젠 한 그릇 뚝딱이네? 요새 할배가 되더니 애 보느라 허기지냐?"
"끄응 글쎄다. 이 집 칼국수가 맛있고 나도 너처럼 남기는 걸 아주~ 싫어하거든? 악착같이 먹어줘줘! 암~."

나는 이 멘트로 친구에게 무지하게 이쁨 받을 줄 알았는데 친구 녀석의 다음 얘기에 까무라칠 뻔했다!

"근데 짱똘아! 아무리 맛나도 과식 폭식은 좋지 않아요! 남길 땐 남겨야쥐. 그리고 음식 버리는 거 아깝다고 무작정 걷어 먹는 건 별로 좋은 습관이 아녀! 아줌마들 살찌는 이유가 다 그렁거래여! 우리 나이엔 말이다! 과식을 줄여야 해! 허리띠 늘이는 건 자살행위라자나!"

이론 나쁜 나라 스파이, 치사빤쓰 같은 놈. 여지껏 식사 군기 분위기 꽉 잡아 놓고 이제 와서 이 무신 개수작 망발이란 말인가?

그러자 여태껏 가만히 있던 우리 직원들이 일순간에 일제히 수저를 내려놓고 나와 눈이 마주치지 않게 조심하면서 날렵하게 식당을 빠져나갔다.

이래서 사람 말은 끝까지 들어봐야 하나보다! 어제 오후 내내 배가 터질 듯 남산만 하게 배가 불러서, 게다가 배신감에 열 받아서 하루종일 씩씩대고 있었다!

충청도 언니들이 무섭다

누군가 전라도 사람들이 재미있다는 얘기를 하던데, 난 충청도 사람들 얘기를 좀 하련다.

우리 할아버지 아버지의 고향이 공주이니 나도 충청도 사람이라 할수 있는데, 충청도 사람들은 말뽄새가 재미있으되 무서운 면도 있다.

대학 때에 잠시 만났던 그녀는 고향이 충청도 서산이었다!

어느 날 술이 얼큰히 취했는데, 나는 한잔 더 하고 싶은 마음에,

(너 돈 있으면) "우리, 술 한잔 더 할까?"

"돈 있어?"

"아니? 나 좀 전에 탈탈 털어서, 술값 다 냈잖아."

"나도 없거든?"

"그래? 그럼 오늘은 이만 헤어지자!"

(화들짝 놀라며) "버버. 벌~써?"

"그럼 어떻게? 갈 데도 없고 돈도 없는데, 집에나 일찍 가자!"

(근처 모텔을 바라보며) "2만 원은 있는데."

그날 이후, 군대에 갈 때까지 나는 그녀가 무서워서 피해 다녔다. 믿거나 말거나!

군대 제대 후, 복학 준비 중에 친구와 함께 어느 동네에서 우유 판촉 알바를 한 적이 있는데, 어느 충청도 아주머니에게 딱 걸렸다.

"키키우유에서 나왔는데여, 우유 맛 좀 보시고, 배달 좀 해 드시죠!"

"그류? 그거 맛나나유?"

(벌컥벌컥 다 마셨다)

"맛이 괜찮지요? 이거 신제품이거든요!"

"이게 뭐가 좋은겨? 좀만 더 줘 봐유!"

(벌컥벌컥 또 다 마셨다)

나는 교육받은 장황한 설명을 5분간 하고,

"자! 이제 배달 신청을 해 드릴까요?"

"이건 뭐유?"

"아! 이건 사은품인데여, 500㎖를 배달 신청하시면 드립니다."

"이건 또 뭐유?"

"그건 1ℓ짜리를 신청하시면 드립니다."

"이건 또 뭐래?"

이런 대화가 끊임없이 지속되면서 한참 동안의 시간이 흐른 후, 나는 망연자실하고 지쳤지만 오기로 똘똘 뭉쳐있는 나 자신을 보게 되었고, 아주머니는 결국 500㎖짜리 우유 한 개만 딸랑 신청하고 이런저런 온갖 사은품을 듬뿍 챙겨갔다.

나는 그 후로 충청도 사투리의 아주머니가 나타나면, 깜짝깜짝 놀라며 오늘 행사는 끝났다고 손사래를 치며 돌려보냈다.

얼마 전에는 재래시장에 가서 배추 두 포기를 사다가,

"아주머니, 이 배추 파실 꺼죠?"

"그럼 머하러 장에 내왔겄슈?"

"아! 네! 그럼 두 포기에 얼마죠?"

"알아서 줘봐유!"

"네? 그러믄 천 원만 드리면 될까요?"

(나를 살짝 째려보더니)

"냅둬유! 안 팔리믄 돼지나 멕일겨!"

"제가 너무 싸게 말씀드렸나 보군요, 그럼 딴 데처럼 이천 원?"

"냅두라니깐유? 우리껀 순 유기농이라 많이 비싸니께 딴 데가서 싼 거 사 잡슈."

"아! 유기농!"

결국은 천 원 비싸게 삼천 원을 주고, 배추 두 포기를 살 수밖에 없었다!

나는 웬만하면 충청도 아주머니들과는 가격 네고 하지 않는다!

스모 선수

목욕탕에 갔다. 사우나에서 막 나와 거울 앞에 섰다.

살 위에서 김이 모락모락. 마치 만화영화 속의 주인공, 무협지의 무공인 같은 느낌? 자뻑도 가지가지다.

뽀얀 목욕탕 증기 사이로 건장한 한 사나이가 보인다. 그런데 거울을 바라보는 사내의 배가 불룩하다. 일본 스모 선수 모습과 비슷해 보인다. 얼마 후면 부른 배에 가려서 화장실에서 소변 볼 때에 아랫도리를 못 보고 더듬거리며 감각적으로 일을 치러야 할지도 모른다는 생각이 들었다.

남들은 배가 나오면 뱃살을 뺀다고 난리인데, 나는 열심히 키운 뱃살을 허망하게 보내기는 싫어서 '이참에 훨씬 더 잘 키워서 스모 선수가 되어 볼까?'라는 생각을 하였다.

증기 사우나로 다시 들어갔다.

아련한 증기가 스크린이 되고 육중한 몸매의 스모 선수인 내가 출전한다. 우스꽝스러운 의식절차를 시작한다. 양쪽 다리를 번갈아가며 번쩍번쩍 들기. 응원모선 같은 뽀대 잡기를 끝내고, 소금도 한바탕 폼나게 뿌려 주고, 생수를 한 모금 마신 후 '푸아악~' 호기 있게 뿜어내

149

고, 내 얼굴을 '짝짝' 소리 나게 요란 방탕 때려주고 드디어 상대방 선수와 한판 대결을 펼친다!

으랏차차! 힘을 썼다. 상대방이 밀려주나 싶었는데 다음 순간 꽈다당 넘어졌다! 정신을 차려보니 사우나 바닥에 육중한 고깃덩어리 하나가 뒹굴고 있다. 바로 나다!

어제 밤새 일하고 야간 등산까지 다녀왔더니 피곤해서 졸다가 넘어졌나보다. 닝기리. 안에 있던 사람들이 조용히 째려보고 있다. 아마도 웃음을 참고 있는지, 끙끙 힘쓰는 소리까지 들렸다.

쪽팔리지만 되도록 품위를 유지하며 아무 일도 아니라는 듯, 조용히 모래시계를 거꾸로 뒤집어주고 밖으로 나왔다. 쪽팔림을 떨쳐버리려고 찬물 냉탕에 가서 힘차게 다이빙을 했다!

시원한 찬물 속에서 또 고민을 했다!
그나저나 이놈의 뱃살을 확~ 빼? 진짜로 확~ 키워버려?

퇴폐 이발소

오늘은 새벽 골프를 다녀와서 반주로 낮술을 주는 대로 받아 마셨는데 알딸딸 취하고 새벽잠을 설친 이유로 밀려오는 졸음을 도저히 참기가 어려운 지경.

행여나 사무실에서 졸다가 뺑이치고 일하는 직원들한테 들키면 무지하게 쪽팔릴까 봐 조용히 사무실을 빠져 나와서 어느 동네 이발소에 입장했다.

이발소나 미용실에 가면 꼭 묻는데,
"어떠케 해 드릴까요?"
나는 이 질문이 지겹고 신경질이 난다!
"니 맘대루 해 보세여!" 그러고 싶지만 꾸~욱 참고 한마디로 말한다!
"자알~!" (해 주세요 생략!)

누구 말대로 호박에 줄 긋는다고 수박 되는 것도 아니고 젊은 시절 한때는 까다롭게 (사실은 희한하게) 생긴 내 머리통 구조 때문에 꼴통 소리를 들어가며 신경을 쓴 적도 있었지만 이 나이에 나이트 부킹 혹은 작업을 한다고 쳐다봐 줄 언니도 별로 없고 주변 애들이 내 그지 스타일 다 알아보는데 패셔너블한 뽀다구 잡을 일도 없고 그저 단정하게만 보이믄 장땡이라는 체념을 한 지 여러 해 되었다는.

오늘은 낮술도 한잔 걸쳤겠다. 담당 미용사에게 길게 멘트 해줬다.
"언니 맘대루 자알~ 해 봐바여!"

헛! 그리고 보니 담당 미용사가 이쁜 언니였는데 알딸딸한 술김에
봐서 그런지 얼핏 얼마 전에 끝난 드라마 또 오해영의 그녀 스타일을
닮았다.

원래 계획은 평소처럼 머리를 깎는 동안 한잠 푹~ 자고 일어나려고
했는데 왠지 자꾸만 잠은 안 오고 머리가 또렷하게 맑아지며 실눈이
떠졌다!

거울로 비춰지는 언니의 모습이 아무리 생각해봐도 누구 비스므리
하고 어느 순간엔 또 눈을 떴는데, 아니 사실은 눈이 자동으로 떠졌
는데 커다란 가슴이 눈앞을 떡~하니 가로막고 있어 숨이 멎을듯한 경
이로움에 나도 모르게 감탄을 하믄서 개 버릇 남 못 준다고 소리 나
게 입맛을 쩝쩝 다셨는데 아! 이 소리로 인하여 그 언니와 눈이 딱~
마주쳤다.

속으로 "아! 시바! 개쪽이다!" 되뇌이며 얼른 눈을 다시 감고 개겨보
려 했으나 아무래도 마빡 부분이 뜨끈하고 찜찜해서 눈을 다시 떠 보
았는데 이 언니가 웃음을 머금고 상냥한 목소리로 "안으로 들어갈까
요?" 그랬다!

"안으로?"

나는 끙~ 소리도 한번 못 내보고 조용히 내실로 끌려 들어갔는데 어리벙벙한 어느새 이발소 의자에 조용히 눕혀져서 어디선 본듯한 두더지 게임을 연상하며 쓸데없는 걱정을 하고 있었고 어느 순간 홀라당 벗은 언니 하나가 내게 덮쳐왔다.

나는 갑자기 보호본능이 작용했는지 겁이 덜컥 나서 손사래를 치면서 저항했다.

"잠깐만! 잠깐만 있어 보라구!"

그리곤 이렇게 당하고 있을 수는 없다 싶어서 몸을 벌떡 일으켜 세우며 그 언니의 손을 틀어잡았다! 그때 찢어질 듯 앙칼진 언니의 목소리가 들려왔다!

"손님 가만히 계셔야져! 왜 이러세여. 물이 다 튀었자나여. 손은 또 왜 잡고 그러세여. 아이 아파라!"

나는 감고 있던 눈을 번쩍 떴는데 갑자기 눈이 아려 왔다. 머리를 감고 있던 샴푸가 내 눈으로 왕창 들어 왔나 보다. 이런~.

어느새 잠결에 희한한 선데이 서울 버전으로 개꿈을 꾸고 있었나 보다.

오후 내내 옷이 젖어서 축축하고 찝찝하고 샴푸가 들어간 눈은 아직도 쓰리고 아려서 짜증 나 죽겠다. 그나저나 머리는 잘 잘린 건가 몰라?

153

해바라기

나는 어릴 적부터, 해바라기 놀이를 아주~ 좋아라 한다. 따땃한 봄 햇빛은 물론이고, 삼복더위 한여름을 빼고는, 가을이든 겨울이든, 언제나 해바라기 놀이는 즐겁다.

햇빛 좋은 곳에 가만히 누워 있으면, 별의별 상상의 나래가 펼쳐진다. 집안의 마루 위도 좋았고, 학교의 미끄럼틀 시소 위도 좋았고, 옥상의 한적한 구석도 좋았고, 논두렁 밭두렁도 좋았고, 심지어는 동네 철길 위에 누어서도, 한참을 개겨 보았다!

요즈음도 다르지 않다. 사무실을 이곳저곳 이사 다녔지만, 나는 언제나 볕이 잘 드는 남향의 사무실을 선호하고 내 자리는 언제나 창문 앞에 두었다!
이상하게도 직원들은 햇빛 들어오는 자리를 싫어하는데 컴퓨터가 잘 안 뵈고 덥고 어쩌고 하는데, 아마도 어둠의 자식들일지도 모른다!

바쁘지 않은 오전 시간엔 잠시라도 짬을 내어, 아침 햇빛 해바라기를 하면 하루가 개운해진다!

해바라기를 하면, 눈부신 햇살 속에서 잠시 암 생각 없이 멍~ 해지다가 자연스레 한가지 콘셉트가 떠오른다.

어떤 때에는 무협지의 주인공이 되어 장풍을 연마하고, 어떤 때에는 스포츠 스타가 되기도 하고, 로또에 맞는 상상도 하고, TV 드라마의 주인공도 된다.

거의 뻑~ 가는 수준이 되는데, 가끔은 문제가 있다! 그 잔상이 오래 남아서 현실 세계로 돌아오는 데 오랜 시간이 걸릴 때가 있다.

오늘은 어제의 과음으로 차 안에서 비몽사몽 하다가 라디오에서 흘러나오는 록음악에 도취, 정말 헤드뱅잉 하는 로커가 되었나 보다.

문득, 어떤 밴드 생각이 났다. 나 역시도 젊을 적 한때는, 드럼에 기타에 미쳐 살았던 때가 있었다. 우리 나이에 음악에 대한 열정을 불사르는 그들이 부럽다.

그 열정을 모르는 바 아닌데, 지난 행사 때 뭐라 뭐라 지랄한 나 때문에 상처받지 않았으면 좋겠다라고 생각하고 있는데, 누군가 차를 쾅쾅 두드렸다. 여기에 차를 세워두면 안 된다나 모라나.

에이~~ 다른 한적한 장소로 이동하여 오랜만에 내가 가장 좋아라 하는 명곡, 「Stairway To Heaven」을 틀었다.

난 다시 뿅~ 가는 중이다!

155

내 친구 땅거지

내 친구 중에는 별명이 '땅거지'란 놈이 있다. 동창은 동창인데 이제는 본명이 뭔지도 모르겠다.

예전에 인천의 동창들 모임에 놀러 가면 언제나 술에 취해 꼴뚜기 꼴이 되었던 나는 최종적으로는 땅거지 녀석에게 인계되어 졌다.

땅거지는 친구가 운영하는 사우나에서 일했는데 야간 시간에는 거의 주인 행세를 했기에 나는 사우나 주인이 땅거지 새끼인 줄 알았다.

어쨌거나 나는 땅거지 덕분에 그 사우나에서 VIP(?) 대우로 호사를 누려 왔는데, 다른 사람들은 아무 데나 누워 자지만, 나는 관계자(?)들만 출입하는 전용 Room에서 편하게 잘 수 있었다. 특히, 아침에는 해장 라면도 끓여주는데, 내 라면에는 계란을 꼭 두 개씩 넣어주었다.

계란 하나는 국물맛을 위해 미리 풀어 놓고, 또 다른 하나는 반숙 상태로 만들어 놓은 후, 속풀이를 위해 먼저 먹도록 해 주었는데, 땅거지가 끓여주는 라면 해장국을 먹고 나면, 거짓말처럼 속이 개운했다. ㅎ.

어제도 동창 장례식장에 갔다가, 주변의 만류로 살짝 맥주 한 잔만 마셨는데, 요즘 세상이 뒤숭숭하여 0.3%도 음주단속에 잡힌다 하기에 맨숭맨숭 덜 취한 상태임에도 사우나에 갔다.

땅거지 녀석은 이제 사우나 사장이 되어 있었고, 내 상태가 멀쩡한 걸 보더니 술안주를 내어와서 간단히 맥주 한잔을 더 마시게 되었는데, 난데없는 외상값 타령으로 추근대기에, 상대하기 귀찮아서 술에 취한 척 기절해 버렸다.

땅거지 녀석의 주장은 황당했다. 그동안 내가 먹은 라면값은 받지 않을 테니, 원래 밀려있던 외상값을 내놓으라고 했다.
이놈이 말하는 밀린 외상값이란 중학교 때 학교 근처에서 삥뜯기를 일삼고 살 적에, 내가 담에 준다고 얼렁뚱땅 넘기고 도망치는 사기(?)를 몇 번 쳤는데 그때 밀린 돈들이 이자 더하기 물가 상승률을 계산해보니, 엄청난 액수가 된다는 주장이었다. 미친놈.

나는 밤새 고민을 해 보았는데 내게는 몇 가지 선택지가 있었다.
첫째로, 지금은 한판 뜨면 내가 이길 듯하니, 땅거지 녀석을 졸라패 버리든가. 둘째로, 이 꼴 저 꼴 안보려면 인천에 갈 때마다 절대 금주를 시행하던가. 마지막으로 젤 좋은 방법은 여자를 하나 소개해 주는 것이다. 이놈이 아직도 총각이기 때문이다.
누구를 소개해 줄까? 해장 라면을 정말 잘 끓이고, 삥 뜯기의 달인인 그런 인간을 좋아라 하는 여자가 없을까?

술꼬장의 흑역사

자유롭게 술을 마실 수 있게 된 성인 인증 이후부터 시작하여 내 평생 1년 365일 중에 360일 이상 이런저런 건수로 술을 마셔왔던 내가 지난 5월부터 금주·금연을 시행. 전무후무한 금주 기록을 갈아치우고 있다.

금주·금연의 효과로 얼굴도 뽀얗게 변했다 하고 땀에서 바닐라 냄새가 난다고도 하는 둥 긍정적인 결과도 얻었지만 슬슬 금단 현상이 나타나고 있는데 나의 금단 현상은 술과 관련된 그 옛날의 아픈 기억들이 새록새록 조각조각 떠오르고 있다.

나는 대학 시절 술을 잘못 배운 탓에 찬란한 꼬장 퍼레이드 흑역사를 기록하였고 그 고질병을 달고 군에 입대했으며 친구들이 이구동성으로 해준 말씀이 이랬다.

"그래 군대 가면 어디 술을 맘대루 먹겠냐? 술이 없으면 사고도 없겠지? 다행이다!"

"군대 가면 자동으로 술 끊게 된다더라. 좋겠다!"

"군대에서 꼬장을 피우면 엄청 혼날 텐데 그 버릇 꼭 곤쳐서 나오그라!"

그러나 그들의 기대와 예측은 불행히도 상당히 어긋나 있었다!

어찌어찌하여(과정 생략) 군악대에 배치되었는데 사단 군악대는 35명 규모의 거의 독립적인 부대.

군악대 군기 쎄단 얘기는 좀 들어 보셨는지 행사장에서 삐끗하면 여러 명 다치게 되므로 평상시에 군기를 심하게 잡는 분위기였으므로 군 생활 속에서 자유분방 스타일의 나를 정상적인 생활로 유도해 주었으나 그러나 술이 또 문제였다!

군악대는 거의 매일이다시피 행사를 치르는데 그 행사가 장례식 행사 빼고 의식행사 빼면 나모지는 다 잔치성 행사라 볼 수 있다. 이취임식, 포상 수여식, 창립 파티 등.

행사가 끝나고 부대 복귀할 땐 의례 술이며 고기며 한껏 얻어 오게 되니 하루건너 이틀 건너 회식 분위기인데 내가 전입해 온 후론 회식만 끝나믄 새벽에 집합이었다.

전방은 겨울에 영하 10도는 기본, 평균 영하 15도 정도의 추위가 일상이기에 트럼펫, 트롬본 등 금관악기들은 겨울철 야외 행사 시 연주 중 침이 얼지 않도록 자동차 부동액을 미리 칠해놓고 이용할 정도.

그 추운 날 새벽 시간에 빠빠라(빤쮸바람에) 집합을 당하는 이유는 딱 한 가지. 간밤에 발생한 나의 꼬장 덕분이었는데 어느 고참이 정리한 나의 꼬장 스타일은 다음과 같았다.

유형 ❶ 깐족이형

선배들이 어떤 주제로 토킹 어바우트 하고 있으면 무대뽀로 끼어들어서 깐족깐족 말대꾸 말참견 태클 선배들 무시하기.

특히나 선배들의 음악성에 대한 평가와 질책을 주구장창 늘어놓았으니 해당 선배가 너그러운 성격이 아니면 바로 새벽 **빤빠라** 집합이 시행되었다.

유형 ❷ 기물 파괴형

가끔은 술이 취해서 왠지 혼자 열 받아서 연병장 앞의 소방기구들 작살내기.

어떤 때는 악기실 뒤엎어서 다음날 행사 나가는데 난리 났었다!

유형 ❸ 술집 난동형

선배들과 기분 좋게 외출 나갔다가 술 한잔 하러 대폿집에 가면 영락없이 옆 테이블과 시비가 붙어 술집을 엎어 놓기 일쑤였다는데 하마터면 헌병대에 끌려갈 뻔한 적도 있다는.

술꼬장이 심한 인간은 비 오는 날 먼지 나게 죽도록 서너 번 맞으면 곤쳐진다는 민간요법의 처방이 전해오고 있으나 그것도 사람 나름인지 아니면 내가 맷집이 좋아서인지 전혀 해결이 안 되었고 어떨 땐 술도 안 깨 맞다가 살짝 헷갈려서 선배들에게 다구리 박기도 하고 그랬나 보다!

급기야 선배들이 긴급 대책회의를 했다는데 거그서 나온 아이디어가 술 취한 놈은 꼬장을 부리기 전에 무조건 강제로 재워 보자는 나름 야심 찬 프로젝트였고 모포와 매트리스를 이용 김밥말이로 꽈꽉 눌러서 제압하는 방법을 몇 차례 실행에 옮겨 보았으며 그 방법이 신기방통하게도 효과가 있어 그 후로는 술이 취하면 암데서나 자빠져 자는 버릇으로 전환되었다!

그 버릇도 그리 좋은 건 아니지만 최선이 어니면 차선.
하여튼간에 적어도 남들에게 피해는 안 주게 되었으니 군대가 사람 맹근다는 거 나는 체험을 통해 굳게 믿게 되었다.

그렇게 나의 술꼬장 흑역사는 4~5년간의 하이라이트로 종료되었고 이제는 꽐라될 때까지 마시지도 않지만 어쩌다가 술이 많이 취하면 아무리 시끄런 노래방 환경에서도 잠을 잘 정도의 신의 경지에 도달하였다.

어제도 응원단 후배 하나랑 통화 수다빨 중에 옛날 그 시절 내꼬장에 끌려다니며 고생했던 스토리가 어김없이 흘러나왔고 내 꼬장 수발에 고생한 후배들에게 잠시 진지한 사과의 묵념을 올렸는데 따식이 조만간 존데 어디 가서 술 한잔 산다고 공수표 뻐꾸기 너스레를 떨었다.

그나저나 이제는 날개가 꺾여서 술이 취할 정도로 마실 수 있는 날이 내 인생에 다시 오긴 오려나 모르겠다.

과일 장사 아르바이트

오늘은 회사 앞 트럭에서 한라봉을 한 봉지 샀다.
어쩐지 싸다 했는데, 맛이 별르다.

나는 과일을 좋아라 한다. 어릴 적에도 좋아라 했고, 지금도 아무리 배가 불러도 과일은 마다하지 않는다.

과일을 살 때에 나는 내 나름의 원칙이 있다.
절대로 만져 보거나, 눌러 보거나, 따먹거나 하지 않고 오로지 눈으로만 딱~ 보고 산다.
이유는? 그 옛날 알바의 추억 때문에 그렇다.

대학 여름방학 때 친구와 리어카 과일 장사를 했었다.
부평 역전에서 터를 잡고 얼마간 해보았는데, 친구의 아버님이 시장에서 장사하고 계셨으므로 리어카도 공짜로 빌려주셨고, 새벽 일찍 물건을 받아다가 열심히 팔아서 대금을 지급하면, 그 차액이 우리의 수입이 되는 것이었다.
계산상으로 보면 10만 원어치를 받아서 20만 원에 팔면, 10만 원이 남는 건데, 대개는 만 원에서 이만 원 벌기도 힘들었다.

이유는?

판매 과정에서 첫 번째 걸림돌이 맛보기였다. 과일을 살 때 그냥 사는 인간이 없었는데, 이거 정말 환장할 노릇이었다.

예를 들면 복숭아나 토마토를 살 때 그냥, "딱딱해요? 물렁해요?"라고 물으면, "네, 금방 따온 겁니다!"라고 대답해 줄 텐데, 이걸 어느새 여기 저기 꾸욱꾸욱 눌러 놓으면, 눌린 부분이 금세 붉게 또는 검게 표시가 났고, 수모를 당한 놈들은 상품가치가 확 떨어지고 덤용으로 전락하게 되는 것이다.

포도를 팔 때면 손님들이 으레 몇 개를 따 드시는데, 그것도 한 송이만 집중적으로 따 먹지 않고 손 가는 곳은 어디나 다 자기 것인 양 하는데, 아무리 예쁜 처자의 행동이라 해도 그놈의 손가락을 분지르고 싶어졌다.

두 번째 어려움은 천재지변이었다. 비가 오는 거야 하늘을 우러러 구시렁거릴 수밖에 뭐 뾰족한 수가 없는 것인데, 가끔 어쩔 수 없는 사고가 발생했다.

수박과 참외는 리어카 위에 수북이 쌓여 있어야 먹음직스럽고 풍성해 보이는 건데, 살짝 올려서 진열해 놓는 거라서, 지나가던 행인들이 리어카를 잘못 건들면, 와르르 무너지는 참사가 발생했다.

우리가 불법으로 도로를 점거한 상태인지라, 양심상 세게 보상을 요

구할 수도 없었고, 가끔은 미안해서 몇 개 사가는 분도 계시지만, 이미 깨져버린 놈들은 역시나 덤으로 나갔다.

암튼 그런 연유로 계산상은 갑절 장사인데 마진율이 20%를 넘지 못했고, 그나마 남은 돈으로 점심 사 먹고 저녁 때 소주 한잔 까면 그걸로 땡이었다.

그래두 그 여름에 과일을 식켜 멀을 수 있었고, 떡이루 남으 거 겸로당과 고아원 등 여기저기 선심으로 나눠주느라 기분은 좋았다. 그래서인지 돈은 못 벌었어도 마음은 넉넉하여, 〈체험 삶의 현장〉을 찍은 기분이었다.

이 글을 읽는 여러분도 과일을 사실 땐 내 말씀을 참고해 주시기 바란다.

요새 사업도 부진한데 올겨울엔 트럭 하나 빌려서 군고구마 장사나한번 해 볼까? 목하 고민 중이다.

원고지와 필름

대학 때 스포츠 일간지에 투고하면서 노는 걸 좋아라 열심히 한 적이 있었다.

당시로선 원고료도 짭짤했지만 내가 보낸 원고가 활자화되어 여러 사람에게 읽히고 지하철에서, 버스에서, 강의실에서 내가 쓴 유머를 주제로 수다 떠는 사람들을 보며 혼자서 희열에 떨기도 했었고 원고료 받은 거로 친구들에게 술 사는 것도 기쁨이었다.

내가 보낸 개그를 라디오 방송의 디제이가 대신 읽어 줄 때의 기쁨 또한 대단했으며 방송국에선 돈 대신 선물도 많이 보내주었다.

지금은 인터넷 세상이니 밴드, 카페, 블로그 등에 그때그때 후다닥 써서 바로바로 올리면 그만. 집에서도 오케이, 삼실에서도 오케이, 지하철에서도 피씨방에서도 잠깐 오케이!

바로바로 올려지고 읽혀지고 한동안은 너무 신기방통하고 재미 있었던 게 사실이지만, 어느 날 갑자기 옛날이 그립고 현재의 편리함이 가끔은 싫어지는 때가 있다. 내겐 복고 경향 보수 성향이 있나 보다.

엽서에 깨알처럼 작은 글씨로 글을 쓰거나 원고지에 또박또박 글자 수 세어가며 써서 동네 점빵에서 우표 사서 붙이고 우체통에 넣던 일련의 그 과정과 며칠간을 고대하며 마음 졸이던 그 재미도 없어지고 그래서인지 가끔은 글쓰기가 재미없어질 때도 있다.

편지도 그렇다. 아무리 유치찬란 허접스런 사연을 보내더라도 몇 번씩 고쳐가며 내용을 수정 보완하고 글씨를 또박또박 쓰느라 손끝에 정신을 집중하던 그 재미가 사라지고 우체부 아저씨를 기다리던 재미도 어디로 가고. 오히려 요즈음의 우체부 아저씨는 두려움의 대상으로 전락했다. 매날 무신 돈 내라는 고지서만 주고, 쩝.

어제는 누군가 필름을 넣고 찍는 수동 카메라로 재미나게 노는 걸보고 나니 문득 또다시 옛날 생각이 났다.
필름 넣는 옛날 수동 카메라는 셔터 스피드 맞추고 조리게 수치 조절하고 이런저런 구도도 생각하면서 잔대가리 이빠이 굴려가며 조심조심 셔터를 눌러 찍는 맛이 있었고 셔터 소리에 오르가즘을 느낄 때도 있었건만.

게다가 사진으로 나오기까지 몇 시간에서 며칠 동안 작품(?)에 대한 기다림과 설렘이 있었는데 이젠 그 재미를 디카, 폰카 다 빼앗아 갔다.

어젯밤엔 문득 처박아 둔 고물딱지 니콘 카메라를 꺼내어 대청소 작업에 돌입했다. 소중히 보듬어가며 붓으로 털어가며 쪼꾸만 나사를 하나하나 분해해 가며 온 신경을 집중하여 열심히 분해하고 닦아내었다.
오랜만에 맛보는 첨단의 정반대. 말단과 복고의 기쁨이었다!

그런데 다 좋은데 문제가 발생했다! 분해된 부속품들 조립이 잘 안 되고 있다. 미리 분해과정 사진이라도 찍어둘 걸 이거이거 완전 큰일 났다!

공대까지 나와서 누구한테 쪽팔리게 물어볼 수도 없고. 하루종일 카메라 조립과정이 머릿속에서 연상되고 아른거려서 아무 일도 못 하겠다!

에혀~ 오늘 밤에도 정리가 되지 않으면 내일은 청계천에 카메라 상가를 이리저리 헤매게 생겼다.

결혼식 사진

지난 주말에는 오랜만에 예식장에 다녀 왔다.

별로 가깝지 않은 지인이므로 웬만해선 봉투나 보내고 모른 체하는데, 수술 후유증으로 주말에 산에도 못 가고 자전거도 못 타니 심심하기도 하고, 내 책에 저자 사인을 해달라는 지인들 얼굴도 보고 밥이나 먹으러 갔다.

그냥 식당으로 직행하려다가 혼주에게 얼굴도장은 찍어야 할듯해서 아픈 다리를 이끌고 예식장에 올라갔는데, 예식은 끝나고 사진 촬영이 한창이었다.

혼주에게 "까꿍!" 하고 눈인사를 했는데, 오늘따라 왠지 아빠 표정이 눈에 밟혔다. 예식장에 갈 때마다 늘 느끼는바, 딸을 시집보내는 아빠들의 표정은 심란하다.

사진 기사가 신경질적으로 멘트를 날리는데,
"아버님, 머리 좀 똑바로, 아니 왼쪽으로, 좀 웃으시고요! 아이 참~ 좀 자연스럽게 네~ 네~ 지금처럼, 좋습니다."

그 풍경을 가만히 보고 있자니, 왠지 짜증이 불뚝 거리고 있었고, '왜 예식장에선 늘 이런 그림이 그려질까?'라고 잠시 생각을 하게 되었다.

그러고 보니 예식장에서 사진을 찍을 때면, 사진사들의 구박(?)을 제일 많이 받는 게 아빠들인 것 같은데, 그 이유는 무엇일까?

엄마들은 남의 눈치를 볼 것도 없이, 이미 흘릴 눈물을 다 흘리고 난 후이기에 사진을 찍을 때쯤이면 얼마만큼 후련해져서 이때쯤이면 웃어줄 수 있는 여유가 생기는데, 이에 반하여 아빠들은 평생 닦아온 9단쯤 되는 무덤덤과 자신도 모르는 무감각으로 무장되어 눈물 변비(?)가 걸려있어 울 줄도 모르고, 뭔지 모르는 답답함과 아련함이 슬픔인지 기쁨인지 헷갈리는 상태이기에 표정을 밝게 연출하기 쉽지 않을 것이란 생각이 들었다.

그래서 별로 친하지도 않은 내가, 오지랖 넓은 내가, 불의(?)에 맞서 나서야만 할 것 같아서 섣부른 아재 개그로 그 아빠의 입을 귀에 걸릴 정도로 찢어 놓았다.

"이렇게 하는 거야~ 이놈아!"
사진 기사에게 속으로만 말하며, 겉으론 징글징글한 윙크를 날려 주었다.

아마도 그 집 결혼식 가족사진은 해맑은 아빠 표정으로 길이 남으리라~

슬기로운 병원 생활 #1

얼마 전 TV에서 〈슬기로운 감빵생활〉이란 드라마를 보았는데, 나는 지금 '슬기로운 투병생활' 중이다.

한 달 전쯤부터 오줌을 누면 가끔 피가 살짝 보였다. 처음엔 별 신경을 안 썼는데, 몇 번 반복되니 요상하여 비뇨기과 전문의인 친구에게 전화로 상담을 했는데, 내 이야기를 듣자마자 깜짝 놀라더니만 빨리 병원으로 오라고 했다.

외래 진료로 방광경 검사를 시행하였는데, 고추를 관통하여 내시경을 방광에 삽입하니 모니터로 암 덩어리가 보였으나 너무 아파서 실감도 나지 않았다.

의사의 처방은 일사천리로 신속하여 당일 입원 및 수술 날짜를 예약하고 수술에 필요한 각종 검사를 실시한 후 2차례에 걸친 수술이 진행되었다. 바야흐로 슬기로운 병원 생활이 전개되는 참이었다.

새벽 4시. 막내 간호사가 잠을 깨우는 소리.
"혈압 체온 좀 잴게요!"
입구의 1번 침상부터 차례로 훑어 온다. 세 번째가 내 차례.

170

막내 간호사는 나를 보더니 흠칫 놀라 경계의 눈초리로 눈을 깔았다. 엊저녁 내 팔에 링거를 꽂는데 세 번이나 실패했기 때문이다. 왼손 팔뚝에 두 번, 오른쪽도 한 번.

"죄송해요!"를 연발하더니, 급기야 대장 간호사에게 SOS를 청했다. 그 후 나만 보면 움찔움찔한다. ㅎ.

"혈압 120에 80이구요!"
"체온 36.5 정상입니다!"

눈도 맞추지 못한 채 내리깔고 중얼거리듯 말하더니 후다닥 도망. 그 바람에 잠이 홀라당 깨어 버렸다. 나이가 들면서 가뜩이나 없는 잠이 더 줄어 다시 잠을 청하긴 싫고 운동 삼아 병동을 한 바퀴 돌기로 했다.

1인실, 2인실, 5인실 병실들을 지나 이런저런 부속실들을 빼꼼히 들여다보는데 병원엔 이상한 명칭이 많다. 청결실은 알겠는데 배선실은 뭔가? 승강기, 수납 이런 말들은 왠지 일제 냄새가 난다.

예전엔 병실마다 TV가 한 대씩 있었고 동전 넣고 봐야 했던 기억이 있는데, 이제는 넓은 휴게실이 따로 있어 대형 TV와 안락한 소파가 배치되어 있으며 아침저녁으로 드라마가 방영될 때면 아주머니들이 그득하게 포진되어 마치 소극장 같은 분위기가 연출된다.

새벽 5시. 8층의 82병동이 깨어난다.
전날 영상 촬영을 처방받은 입원 환자들은 이 새벽에 2층으로 내려

171

간다.

2층에는 엑스레이와 CT, MRI 촬영실이 있다.

입원 환자들은 나 홀로 이동이 금지되어 있어 환자 이송 전문팀이 각 병실로부터 각종 검사장으로 이동을 돕는데 환자의 상태에 따라 이동 방법이 다르다.

침대를 통째로 이동하는 경우가 있는가 하면, 때로는 휠체어로 환자를 이송한다. 수술장을 오가는 게 기본 동선, 각종 검사장으로의 이동 또한 복잡한데 이들은 최단 코스로 신속 이동함은 기본이고, 일반 인들은 모르는 어떤 메커니즘을 이용하여 일반인들은 기다림에 지치는 엘리베이터를 자유자재로 이용하는 신기를 부린다.

새벽 6시. 수술환자들의 소독시간이다.

각 과의 시다바리(?) 선생들이 소독용 약품들을 카트에 한가득 챙겨 간호사와 함께 환자들의 침상을 순회한다.

그는 국민학교 때 양호 선생님들이 하던 방식과는 전혀 다른, 섬세함이란 찾아볼 수 없는 무미건조한 일처리로 속전속결 처치술로 드레싱과 같은 여러 소독 과정을 전광석화처럼 해치운다.

아침 7시 30분. 회진 시간이다!

옷만 하얀색이지 조폭들 같은 스타일로 의사 집단들이 우르르 몰려다니며 환자들과 스치듯 잠깐잠깐 미팅을 진행한다.

아주 특별한 경우가 아니면 눈빛 인사 또는 말로만 하는 인사치레

가 기본이고 환자와의 대화보다 지들끼리 대화가 중하다.

대장급 의사 양반이 묘한 웃음을 지으며 의례적인 안부성 인사치례를 하면 쫄다구들은 뒤에서 단체로 뻘쭘하게 서 있다가 나랑 눈이라도 마주치면 어색한 묘한 미소를 짓는다.

"뭐 특별히 불편하거나 아픈 데 없으시죠?"
"넹~."
"수술 부위는 잘 아물고 있네요!"
"그래요?"
"불편한 거 있으시면 말씀하시고요."
"감사합니다!"
대부분의 대화는 이 정도 범주를 벗어나지 않는다.

한번은 병실 내 화장실에서 양치하고 있는데 등 뒤에서 안부를 묻고 쌩~하니 지나갔다. ㅎ.
그런데 공교롭게도 아침 식사 시간이 겹쳐져 밥숟가락을 든 채로 교수님을 알현하는 어정쩡한 시츄에이션이 연출되므로 빨리 지나쳐 주는 게 예의인 듯 보이기도 하고, 암튼 향기롭지 못한 풍경이다.

한편 요즘 병원 밥은 눈부시게 진화하고 있다. 기본적인 식단 외에 선택 메뉴가 있는데 병원 밥을 좋아라 하는 우리집 박 여사는 평소엔 아침밥도 안 먹는데, 선택 메뉴를 볼 때마다 오르가즘을 느끼는 듯하니 힘든 병간호 생활에 그나마 낙이 있어 다행이다.

173

슬기로운 병원 생활 #2

병원 식사는 아침 7시, 오후 1시, 저녁 7시.

정해진 시간보다 약간 늦을 때도 빠를 때도 있으나 대략 비스름한 시간에 배달된다.

일류 요리사 스타일의 총각이 신선한 미소와 함께 멘트도 달갑게 배달하는데, 맨날 푸르죽죽 아니면 꾀죄죄한 복장의 의사들을 보다가 긴 위생 모자에 새하얀 위생복을 입은 깔끔 덩어리 그들을 보면 밥맛도 절로 난다. ㅎ.

내가 잡식성 또는 거지 입맛이라 그런지 남들은 병원 밥이 닝닝하고 맛이 없다고들 하는데 난 먹을 만했다. 병원 체질?

요새 병원 밥은 메뉴도 다양해서 밥도 쌀밥, 잡곡밥, 조밥 등. 국은 설렁탕, 아욱국, 김치찌개, 소고기, 뭇국 등. 소시지 볶음, 새송이 볶음, 찐 생선 등. 김치, 깍두기, 겉절이, 각종 나물 등등 화려하고, 내가 미리 선택할 수 있는 메뉴도 있는데 내 경우는 별로 까탈스럽게 가릴 게 없어서 주는 대로 잘 먹고 살았다.

게다가 앞 침상 언니의 요리 솜씨 덕분에 메뉴 업그레이드도 되고

(주로 안주 스타일), 반주로 소주 한잔이 없어서 그렇지 매 끼니 진수성찬을 맛보았다. ㅎ.

한편 이 시간 이후로는 대략 심심.
아주머니들은 휴게실 대형 TV 앞으로 반상회 모임처럼 바글바글 모이고 병실은 썰렁.
이 시간이 되면 나이롱 환자가 심각한 환자에게 병문안을 간다. 나는 8층 병동에 있고 내가 병문안을 가는 친척 언니는 15층 암 병동에 있다.

고층을 오가는 엘리베이터는 홀짝으로 분리되어 운영되는데, 일반인은 8층에서 15층을 가려면 1층으로 내려가 엘리베이터를 갈아타야 하지만 나 같은 똑똑한(?) 환자는 환자 복장을 출입 증명서로 삼아 늠름하게 '환자/의료진' 전용 엘리베이터로 직행한다. 내려올 때도 마찬가지.

암 병동은 왠지 분위기가 무겁다. 발소리도 조심스럽고 여기저기 둘러보는 것도 삼가게 된다.

친척 언니는 나보다 이틀 전에 갑자기 입원했다. 사실은 친척이 아니라 사돈지간인데 우리는 사돈지간이라도 친하게 지내는 사이다.

몇 년 전 그녀의 오빠가 간암으로 세상을 떠났는데, 이번엔 그녀도 며칠 전 똑같은 병으로 판명되어 사돈댁이 발칵 뒤집어 졌다.

세상 참 에이~~.

슬기로운 병원 생활 #3

몇 년 전, 세브란스 병원 암센터 병동.

그곳에 선경이 아빠가 입원해 있었다. 퀭한 눈, 거무튀튀한 얼굴빛, 앙상해 보이는 손목과 발목. 그런 모습이 무척 낯설게 느껴졌다.

선경이 아빠는 나와 사돈지간으로 우리 셋째 누나 남편의 동생. 일반적으로 보면 그리 가까울 것도 없을 사이겠지만, 우린 남다른 동병 상련이 있었기에 서로에게 뭔가 특별한 느낌을 갖고 있었다.

처음 선경이 아빠를 본 건 셋째 누나의 결혼식 준비 중에 잠시 상견 례 인사를 한 것뿐이었다. 그런 선경이 아빠와 급속히 친해진 건 내가 군에 입대한 후부터였다.

다들 알다시피 군에 입대하면 제일 먼저 가는 곳이 훈련소.

난생처음 제한된 공간에 갇혀서 빡세게 훈련을 받다 보면 가족과 친구가 그립기 마련이고, 나도 군대를 처음으로 가보는 바람에(?) 모르는 게 너무 많았다. 특히, 훈련소 퇴소식 날 가족들이 면회를 올 수 있도록 연락하는 걸 몰랐다.

퇴소식 날 대광리의 신병 훈련소가 북적였다.

162명 훈련병의 가족이 집결한 가운데 퇴소식 행사가 끝났다.

정확히 160명의 가족이고, 2명의 솔로가 있었으니 황 모라는 동기 친구와 나 둘뿐이었다.

훈련병 전원이 부대 여기저기에서 가족들과 고기도 굽고 부어라 마셔라 하는 가운데 가족이 없는 우리 두 인간은 갑자기 친한척하며 사병식당으로 터덜터덜 점심을 먹으러 갔다.

평소 까탈스럽고 지랄 맞던 식당 근무병들이 우리 측은하게 바라보더니 여기에 차려 놓은 걸 실컷 다 먹으라 했다. 수북이 쌓여 있는 닭튀김 왕창에 평소 지들끼리 꿍쳐두고 먹던 장조림 고기며 별의별 밑반찬까지 다 내주었다.

둘이서 눈을 끔벅이며 꾸역꾸역 잘도 먹었다.

스트레스받으면 아무거나 잘 먹는다던데 우리는 캔맥주까지 곁들여 정말 아무 생각 없이 잘 먹었다. ㅎ.

다음날 우리 훈련병 전원은 사단 휴양소로 보내졌고, 그 휴양소에도 역시나 가족들이 바글거렸다. 우리 둘은 또 역시나 사이좋게 사병식당에서 밥을 먹었다.

그래도 어제보다는 식당에 온 인간들이 늘었는데, 지방에서 온 가족들은 일찍 귀가한 듯했다.

그런데 식사 시간 중 갑자기 방송을 통해 내 이름이 불렸다.

177

누가 날 찾아올 리는 만무하고 또 무슨 지적사항이 생긴 걸까. 얼차
례 받을 일이 생겼나 싶어 바짝 긴장하고 행정실로 갔는데, 앗! 어디
선가 본 듯한 낯익은 얼굴이 거기 있었다.

선경이 아빠가.
누런 봉지에서 기름이 줄줄 흐르는 통닭 한 마리와 맥주 서너 병을
사 들고 멋쩍은 표정으로 반갑게 인사를 했다.
'음메, 반가운 거.'
눈물이 다 났었고, 우리는 다른 면회객들 보란 듯이 일부러 땡볕 한
가운데 자리를 펴고 전기구이 통닭에 맥주를 맛나게도 먹었다. ㅎ.

그 인연이 그리 컸는지 사실은 여러 번 만나거나 함께 술 먹고 논
게 여러 번 있었던 일도 아닌데, 그럼에도 불구하고 어쩌다가 마주치
면 우린 서로 무지하게 친한 척하며 살아왔었다.
명절 때마다 나는 다른 집은 못 가도 사돈댁에는 꼭 인사를 드리러
갔다. 선경이 아빠 얼굴 보러, 밀린 수다 떨러.

선경이 아빠는 삼 형제 중 막내인데, 혼자만 대학에 못 갔기에 그게
늘 자격지심으로 남아 있었고 형제들 중 혼자만 재정적 자립을 하지
못했다.

그래도 늘 밝게 웃을 줄 알았고 그 집안의 분위기 메이커였으며,
나를 친동생처럼 챙겼기에 본인의 사업이 변변치 않은 와중에도 내가
회사를 처음 차렸을 때 제일 좋아라 하며, 당시엔 꽤나 고가였던 자신

의 컴퓨터와 프린터를 내 사무실까지 가져와서 설치해주고 싱글거렸다. 그 모습이 지금도 아련한 기억으로 남아 있다.

그 후 선경이 아빠는 간암 선고를 받았고, 얼마 안 되어 그대로 허망하게 갔다. 당시 세상 신들이 너무 불공평하다는 생각이 들었다. 큰소리 한번 제대로 못 쳐보고 그렇게 간 게 불쌍하고 애석했다.

믿거나 말거나. 선경이 아빠의 병실을 찾은 이후 그 양반의 당부로 내가 잠시 술과 담배를 끊은 적이 있었다. 몇몇 친구들에게도 전화해서 술 끊고 담배 끊으라고 신신당부까지 했었는데, 선경이 아빠 장례 기간에 약속이 다 깨어지고 왕창 취해 버렸다. 지랄 같은 세상 술이라도 취해야 살 것 같아서.

사람 사는 거 별거 아니더라.
주구장창 즐겁게 살기에도 모자란 인생. 산에도 열심히 다니고, 자전거도 열심히 타고, 친구들 많이 만나 놀고, 맛난 거 먹고, 뭐든지 열심히 하고, 좋아라 하고 살자는 생각이 그때 들었다.

III. 일상 이야기

슬기로운 병원 생활 #4

아침 시간 내내 바로 앞 침상이 뭔가 분주하다. 아침 식사 준비를 하시는 듯.

내 앞 침상의 환자는 달건이 출신의 대형 화물차 기사로 이 아저씨 얼굴에는 "난 범좌자에유~" 이렇게 써 있는 거 같다. 우람한 체구에 선명한 칼자국, 여기저기 무시무시한 문신, 예술작품들. 그 사모님도 전직이 화려해서 한때 잘나가던 룸싸롱 마담 출신이시란다!

이 달건이 출신 아저씨는 생활력 강한 똑순이 아주머니를 만나서 어두운 지난 과거를 말끔히 청산하고 10톤짜리 화물차 하나를 장만하여 운전을 업으로 조신하게 살았다고 한다.
그러다 얼마 전 물건을 가득 싣고 어딘가 가다가 중간에 비가 오기 시작하기에 화물이 비에 젖지 않도록 휴게소에서 차를 멈추고 커버를 씌우려고 올라갔는데, 물 묻은 커버에 미끄러져 앉은 자세로 그대로 낙하하여 땅바닥의 어떤 시설물에 그 부분이 정통으로 찍혀 엉덩이가 깨지고 한쪽 고환이 뭉개졌단다.

어쩌다가 축구 경기나 권투 경기에서 급소를 맞구 데굴데굴 구르는 거 많이 보았는데 이 양반은 그 자리에서 걍~ 기절했단다.

내가 이 병실에 들어 왔을 때 이미 2주가 넘은 장기수(?)였고, 엉덩이뼈 붙이고 찌그러진 고환 보수하는 치료는 내가 퇴원한 후에도 계속해야 할 듯하다.

이 달건이 출신 아저씨의 주요 대화는 주로 빵 생활에 관한 것인데, 내가 이미 아는 것 외에 뭐 별건 없었다.

한편 그 집 사모님이 히트작인데, 먼저 요리 실력을 칭찬해야 한다. 예전에 룸싸롱을 운영할 때 주방장을 겸업하셨다며 하루는 치킨을 사다가 먹기 좋게 뜯어서 마요네즈와 야채 몇 가지 넣고 즉석 '치킨 야채 샐러드'를 만들었는데, 그 맛이 실로 작살이었다! 김치 겉절이도 매일 새로 담아와서 식사 시간마다 나눠 주는데 예술이었다.

그러나 병원 생활이 아무리 오픈 스테이지라 하더라도 대개 가릴 건 좀 가려야 할 텐데, 이 사모님은 그러지 않았다.

예를 들어, 상처 치료를 위한 아침 드레싱 타임에 아무리 자기 남편 것이라 해도 남들 앞에선 못 보는 척 내외하고 그러는게 우리가 사는 세상의 상식일 텐데, 이 아주머니는 드레싱 하는 간호사가 못 미더워서 그런지 자기 남편 것을 만지작거릴까 봐서 그러는지 옆에서 참견할 거 다하고, '거들어 줄 꺼 엄쓰까?' 하는 눈초리로 호시탐탐 노리고 있었다.

그 외에도 병원의 이모저모 모르는 게 없고, 병실 내부의 온갖 상황에 참견 다 하고, 신입 환자가 오면 친절한 설명까지. 하루에 한 번 집에 다녀 오느라 사모님이 자리를 비우면 병실이 썰렁한 느낌이었다.

암튼 엽기적인 이 잉꼬부부는 보면 볼수록 신기방통한 게 달건이 출신 아저씨는 얼굴만 흉악범이고 뽀대만 달건이. 그 마눌님 앞에선 완전히 유치원생 아이처럼 말 잘 듣고 있었으며, 마눌님의 어떠한 농담이나 언행에도 절대로 토 다는 것을 못 보았다.

그렇게 살아야 잉꼬부부가 되나 보다!

슬기로운 병원 생활 #5

휴게실 한쪽 구석에 낯익은 모습. 우리 병실의 최고령 아저씨가 앉아 있었다.

60대 후반의 제일 나이 많은 어르신. 평생을 고생하시고, 세상 풍파 모두 이겨 내신 모습이다. 이제 쪼매 살 만하다 싶은 자조 어린 이마, 인자한 인상에 넉넉한 미소, 다소곳한 입술, 법 없이 살 것 같은 착하디 착한 촉촉한 눈매.
우리가 좀 심하다 싶은 농담 따먹기를 하여도 미소로 화답하곤 하시는데, 그런 양반이 가끔씩 표효효~ 한숨을 짓는 모습이 보였다.
그러고 보니 우리 병실의 유일한 솔로이셨다. 간병할 사람 보호자가 없는.

그분의 병명은, 임포. 임포텐츠(impotence)의 줄임말이다. 쉽게 말하면 발기불능인데 요즘은 기술이 좋아 이를 치료하는 게 가능하다고 하고, 얼마 전 수술로 성공해서 퇴원했다가 퇴원 며칠 만에 고장(?)이 나서 A/S를 받으러 다시 병원을 찾은 것.

이제 원래의 시술보다 더 어렵다던 A/S 치료도 끝났고 날이 밝으면 퇴원하여 고향인 제주도로 날아가셔야 하는데 왠지 마음이 심란하신 모양이었다. 내가 살며시 다가가 까꿍을 해드렸는데 리액션이 신통치 않았다! 끙~.

거금을 들여 살려 놓은 그 양반의 거시기가 며칠 만에 다시 고장 난 이유는 참으로 기가 막히고 코가 막힌다. 아니 가슴이 먹먹하게 구슬 프다고나 할까. 에이~.

제주도가 고향인 이 어르신께서는 젊은 시절에는 좀 노셨단다. 예전 인기 드라마 〈올인〉의 촬영지가 제주도였는데, 이분도 그 올인 주인 공과 비슷한 전문 노름꾼, 겜블러의 삶을 살았다고 한다. 뻔한 스토리 얘기지만 한때는 자알 나간 시절이 있었다는 것이다.

결과는? 패가망신. 쫄딱 꼴았다! 그리하여 생활고에 지친 마눌님이 두 자녀를 팽개치고 뭍으로 도망치셨다!

몇 년간 서울로 대도시로 전국을 떠돌며 애 엄마 찾아다니다가 돌아와 보니 집구석 꼴이 장난이 아니었으니, 망연자실한 이 양반은 삶의 의욕도 없고 경치 좋은 바닷가 절벽에서 뽀대나게(?) 가족동반 투신자살까지 생각했으나 문득 애들 인생이 가여워 정신 차리고 열심히 돈 벌고 살아보기로 마음먹었다.

잘 나갈 때 개평 많이 퍼준 노름 상대들을 찾아가 구걸하다시피 하여 눈곱만한 가게를 하나 얻어 노름판을 기본 거래처로 그 어디라도, 라면 한 개라도, 아이스케키 한 개라도 열심히 배달하며 장사한 결과로 지금은 그 동네에서 알아주는 대형 슈퍼로 키워 놓았다고 한다.

그런데 그동안 돈도 벌 만큼 벌었고 자녀들도 다 가르쳐서 좀 살만
해지니 마눌 생각 정확히는 여자 생각이 간절하기에 어찌어찌 하다가
주변의 권유로 조선족 젊은 여자 하나를 돈 주고 사다시피 데려다가
늦장가를 가는 데 성공했다.
그러나 호사다마라고 너무 열심히 돈만 벌고 살다 보니 신체의 꼭
필요한 기능만 쓰고 살다 보니 어느새 남자기능을 상실했더라는.

첨에는 조선족 마눌님이 갖은 방법(?)도 동원하고 노력을 했는데 이
내 지치고 포기하는 듯하더니 급기야는 이혼하자고 엄포도 날리고 폭
력적 언행으로 구박까지 하더란다.
생각다 못해 수소문하여 서울로 올라와 용하다는 병원에서 시술을
받으시고 고생 끝! 행복 시작!

정말 기쁜 마음으로 내려갔는데, 원래 의사가 2주 이상 완전히 아물
때까지 절대로 조심하고 참으라고 했다는데 조선족 언니가 그걸 못
참고서 바로 검증 및 실습에 들어가게 되었고 예견된 결과로 심각한
염증이 생겨서 재수술을 하러 다시 입원을 하신 것이었다.

정작 본인은 그쪽 방면의 생각이 그리 간절한 상황은 아니었으나 보
채는 마눌님의 성화에 거시기 수술자리가 제대로 아물지 않은 상태에
서 모진 아픔을 이기고 오로지 봉사했다는데 포경수술 해보신 분들
은 그 아픔을 다 아실 듯. 너무 아파서 여자를 안고 있는지 나무토막

185

을 끼고 있는지도 몰랐다고.

게다가 실습 수준으로 딱 한 번이 아니라 하루 저녁에 서너 번씩 한 적도 있다는 것이고, 그 조선족 마눌님은 입원해 있는 동안에도 하루 한 번씩은 전화를 하는데, 결국 막판에 하는 소리는 "언제 내려 오냐"고 재촉하는 거였다.

짜증난 내가 카운셀링 멘트를 날렸다. 완전히 완치될 때까지 제주 도 가지 말구 서울에서 계시라고. 병원 생활이 지겨우시면 내가 퇴원 해서 같이 산에도 가고 전차도 타고 놀아드린다고.

그러나 이 양반은 담당 의사에게 졸라서 결국은 조기 퇴원하고 내 일 제주도로 간다고 했다.

며칠 후 이 양반에게서 전화가 왔다. 병실 멤버 전체와 차례로 안부 를 물었고 마지막으로 내가 통화했다. 그때 모기만한 목소리로 소근 소근 속닥속닥,

"마눌이 무리하믄 지도 손해라는 걸 아는지 며칠째 날 냅두구 있어 여. 크흐흐. 제주도 오믄 꼬옥 한번 우리집 놀러 와야 해여. 어이쿠~ 마눌님 들어와서 끊어야겠네. 오늘도 까꿍 하셔!"

"까꿍!"
그거 내가 갈쳐 준 건데 징그럽게 살가운 멘트로 활용하셨다!

슬기로운 병원 생활 #6

입원 병실의 오전 풍경은 이별이 주요 테마다.

병원의 입원실 병상은 항상 만원사례이고 입원 대기자가 넘쳐나기 마련이므로 수술 후의 경과가 웬만큼 호전되었다 싶으면 바로 퇴원 명령이 떨어진다. 가끔은 안 나가고 무대뽀로 버티는 사람도 있다.

대형병원의 5인실 병실을 기준으로 보면 매일 한두 명씩은 퇴원하고 입원하기 마련이고 짧은 기간이나마 같은 패션 환자복을 입고 한솥밥을 먹고 공중목욕탕에 들어온 듯하다.

본인의 의도와 상관없이 이 꼴 저 꼴 보이게 되어 아픈 곳은 다르지만 동병상련을 느낀 정이 있어, 입원한 기간 동안 말 한마디 건네지 않았더라도 퇴원 과정에서 애틋한 작별의 인사는 잊지 않으며, 특히 나처럼 오지랖이 넘치는 경우는 각 병상의 치료와 병세가 진행된 상황은 물론 집구석 상황 파악이 완료된 입장이므로 이별 세리모니가 더욱 복잡다단 애틋하다.

점심시간 전후는 약간의 망중한인데 이때 낯선 복장의 사람들이 눈에 띈다.

병원에는 의사와 간호사가 주요 인물이지만, X-ray와 CT 촬영, 혈액 검사 등 각종 검사를 담당하는 전문가들도 있고, 입퇴원 수속 및 수납 등의 행정 업무를 처리하는 사무직원들도 있고, 안내를 담당하거나 보안을 책임지는 사람들까지 구석구석에 많은 사람들이 배치되어 각자의 임무를 수행하고 있는데 흥미로운 특수임무를 수행하는 사람들도 있다.

주로 수술과 관련한 몇 가지 직업이 특이한데 먼저 수술하는 부위에 따라 다르긴 하지만 머리 쪽 수술이 필요한 경우의 이발사와 몸통과 아랫도리 제모가 필요한 경우 이것만을 담당하는 전문가(?)가 있다.

나도 아랫도리 제모를 당해본 적이 있는데 수술 직전의 묘한 긴장감에도 불구하고 이게 참 분위기가 거시기 하였다.

그런데 제모보다 더 거시기한 분위기의 특별한 분야 전문가가 또 하나 있는데 그 특별한 이색 직업은 관장 전문가로 이분들은 의사인지 뭔지 정체가 모호한데 암튼 수술 전 뱃속을 깨끗이 비워 주는 중요한 역할을 수행한다. 매일 남의 똥구멍을 쑤셔야 하는 임무. 참으로 힘든 직업 같다.

병동의 오후는 병문안 방문객들로 넘쳐 나고 각양각색의 사람들과 별꼴을 다 본다. 대형 병원은 병실까지 입장은 제한하지만 이 역시 무대뽀로 밀고 들어오기도 하고 휴게실에도 여럿이 몰려와 떠들면 정신이 없다.

슬기로운 병원 생활 #7

 병원의 공식적인 면회 가능 시간은 오후 2시부터 8시까지이다. 그럼에도 불구하고 오전부터 병원을 찾는 병문안 면회객을 따로 통제하지도 않지만 사실 아침 댓바람부터 오는 사람은 별로 없다! 다만 저녁 8시에는 퇴실 안내 방송이 나온다.

 오후부터 슬슬 면회객들의 방문이 시작되는데, 예전에 비해 그 수가 많이 줄었다고 한다.
 올해 메르스 사태 이후엔 우리나라 병문안 풍습의 큰 변화가 있었고 특히 우리 병실 같은 경우엔 더더욱 병문안을 자제하는 것이 좋을 텐데 나는 연일 찾아오는 후배들 친구들 때문에 반갑고 고마운 반면 입장이 거시기 했으나 그래도 종교인들이 떼거지로 찾는 경우가 가끔 있는데 그거에 비하면 나는 뭐.
 어느 날 나의 병문안 행렬은 비교도 할 수 없는 대형 사건(?)이 발생하여 나는 완전 면피 되었다!

 나와 대각선상에 있는 침상의 주인은 심각한 상태로 입원했다. 이 양반은 비뇨기과도 문제지만 피부과 질환이 더 심각했다. 첨에 보았을 땐 온몸이 검붉게 달아오르고 긁적이고 난리였는데, 특히 사타구니와 겨드랑이 등 습한 곳은 정말로 장난이 아니었다.

189

다행히도 입원 치료 후 금방 증세가 호전되었는데 이 양반이 걸린 병은 심각한 알레르기 증세였다.

첨엔 상황이 절박하고 무척 괴로워하므로 무지하게 궁금했지만 제대로 대화도 못 나누고 단순히 "뭘 잘못 먹고 실려 왔나 보다!" 했는데, 입원 이틀째 되던 날 그 실체가 밝혀졌다.

엄청난 대부대가 병문안을 왔는데, 인원도 인원이지만 그들이 보여준 퍼포먼스에 우리는 더욱 흥미진진했다.

먼저 특이한 건 기도를 해 주는데 그 모양새가 참으로 요상지경 볼거리였다. 기독교와 불교와 박수무당의 짬뽕 형태라 할까?

첨엔 여럿이서 손을 맞잡고 기도를 드리다가(기독교 형식) 수상스럽게 생긴 한 분이 목탁을 두들기며 염불을 외는데(불교형식) 그 모습이 참으로 신기방통 하였다.

염불을 외고 기도하는 그 양반의 모습은 교회 목사님도 아니고 그렇다고 승려도 아닌 요상한 복색인 것이 황토색 개량한복을 입고 하얀 운동화 신고 머리는 약간 까졌으며 높은 도수의 안경을 썼다. 수염을 길게 길렀으나 안 기르는 게 나을 듯한 볼품없는 모양새. 염주 목걸이에 천주교식 팔찌. 묵주라 하던가?

게다가 내가 웬만해서는 그들의 근엄한 기도 중에는 참으려고 했는데, 불교의 반야심경 비스름한 걸 외는 것을 듣다가 나도 모르게 "크큭~" 하고 웃음이 나왔다.

스스로 내 웃음소리에 화들짝 놀래서 눈치 보는데, 정작 그 사람들은 아무도 신경을 쓰지 않았고 딱 한 사람 환자 아저씨가 나와 눈이 마주치자 코를 찡긋하며 괜찮다는 표정을 지었다.

내가 불량 신도이긴 하지만 절에도 교회에도 성당에도 조금씩 다녀 봐서 다른 건 몰라도 반야심경이나 주기도문 같은 건 대충 들은풍월이 있는데, 이 양반들의 읊조림이 영~ 짬뽕 판이었다.
병실에서 목탁 두드리는 것도 요상한데 염불까지 제멋대로이니 웃겨 죽는 줄 알았다.

암튼 병문안 기도가 끝이 나고 그 사람들과 그 마눌님이 배웅하러 나가니 환자 아저씨가 조용히 당부의 말씀을 하시는데 이따가 모두 얘기해 줄 테니 마눌님이 집에 갈 때까지 조용히 해 달라는.

그날 밤 아줌씨가 집에 가시고 방 분위기 파악이 끝난 아저씨가 말문을 열었다.
그 무리의 사람들은 사이비 종교 집단이고 그 집 아줌씨가 어찌어 찌하여 친구 따라갔다가 거기에 퐁당 빠지신 것이고 불쌍한 아저씨는 언젠가는 제정신이 돌아올 거라는 믿음으로 대충 함께 보조를 맞춰 주는 중이었던 것.

한편 이 아저씨는 왜 병에 걸렸냐 하면, 며칠 전 이 종교 집단의 수련회에 따라갔더니만 개를 잡아서 제사를 드린다고 난리를 치더니 보신탕을 커다란 솥에 끓였는데 거기다가 옻닭과 뱀까지 추가로 넣더니

191

최후의 만찬 같은 의식을 진행하더란다.

이 아저씨는 원래 개고기도 못 먹고 옻닭을 먹는 것도 찜찜했기에 머뭇거리다가 마눌님 성화에 맛만 조금 봤는데 그리됐단다.
불행 중 다행인 건 그 사이비가 자기가 직접 치료한다구 설치지 않은 게 얼마나 감사한지 모르겠다고.

그런데 이틀 후 바로 퇴원했다. 의사는 하루 이틀쯤 더 있어야 한다고 했다는데, 그 교주놈이 괜찮다고 했단다. 마눌님이 서둘러 퇴원 수속을 하고 개 끌려가듯 퇴원한 그 양반은 어찌 되었을꼬?

슬기로운 병원 생활 #8

저녁 먹는 늦은 시간에 우리 병실에 신입생(?)이 하나 들어왔다.

대개는 신입 입실시간이 오후 2시인데 나처럼 멀쩡하게 수술 전날 입실하는 대부분의 경우가 그러하고, 오늘의 신입생은 응급실에서 바로 수술실로 올라갔다가 회복실을 거쳐 입실한 것이었다.

지금껏 우리 병실의 평균 연령은 50대 이상이었는데 웬일로 젊은 피가 수혈되니 관심이 집중되고, '앞길이 구만리 같은 총각 놈이 어쩌다가 거시기에 문제가 생겨 왔을꼬?' 하는 눈초리로 병실이 조용히 술렁였다.

젊은 친구는 대학생인데, 오토바이 피자 배달 알바를 하다가 사고가 나서 넘어졌다고 한다. 다른 데도 아닌 거시기가 크게 다쳐서.
아무리 알바가 궁해도 위험한 알바는 하지 말라고 충고들을 하다가 문득 각자의 알바 경험담을 자랑하기에 이르렀고, 이 방면에 도가 튼 나는 색다른 메뉴로 설레발을 최대치로 끌어올려 좌중을 압도하였다.

대학 1학년 초 한양대학교 공대생은 수학을 아주 잘한다는 동네 아주머니들의 구라빨이 온 동네에 전파되어 동네 고2, 고3 애들이 과외

193

를 받으러 몰려왔다.

그러나 두 달이 채 못되어 맨날 술에 취해 들어오거나 외박하는 내 일상과 애들에게 기타나 가르치고 여기저기 애들을 데리고 놀러 다닌다는 악성 루머가 퍼져 급기야 과외방이 단기간에 쫑났다.

그렇게 한동안 백수로 살다가 여름방학이 되어 친척 아저씨의 소개로 고리대금업계에 잠시 종사한 적이 있었는데, 내가 수행해야 하는 일이란 저녁 무렵 시장을 한 바퀴 돌면서 상인들로부터 일숫돈 수금을 하는 건데 수금 과정에서는 별 어려움이 없었다.

내가 시장에 나타나면 미리미리 준비하셨다가 주시는 분도 있고 "앗차!" 하면서 서둘러 챙겨주시는 분, 옆집에 맡겨 놓으시는 분 등.

그렇게 돌아다니면서 따박따박 받아 오는 건데 수금이 끝나면 지폐 재생작업이 시작되었고 이때부터가 본격 고생 시작인 것이 수금해 온 돈이 꽤 되므로 수북이 쌓이는데 꼬깃꼬깃한 돈, 너덜너덜한 돈, 별게 다 있었고 생선 냄새, 야채 냄새, 별별 냄새가 다 나는 데다가 만 원짜리, 오천 원짜리, 천 원짜리가 뒤섞여 있어 먼저 이를 분류하는 작업을 하였다. 단, 수표는 절대로 안 받게 되어 있었다.

그 돈들을 종류별로 분류하고 잘 펴주고 불량품들은 따로 분리하여 풀을 붙여 수선을 하기도 하고 마지막으로 다림질로 좌-악 다려내는데, 한여름 무더위에 돈이 날릴까 봐 선풍기도 못 틀고 고생스런 작업이었다.

이때 사장님은 그걸 옆에서 보고 있다가 완성품 지폐들을 가지런히

챙기는데, 절대로 차곡차곡 한 방향이어야 하며 위아래가 틀리지도 않도록 정성스런(거의 절에서 백팔 배 고행하듯 말없이) 또는 성스러운(?) 분위기가 연출되었다.

한 두어 시간 작업하면, 쓰레기 더미 같던 돈이 은행에서 막 나온 돈처럼 준비된 띠종이로 묶여서 100만 원 단위로 착착 쌓이게 된다.

사장님은 아무리 바빠도 이 일을 정성스럽게 수행했으며, 내 보기엔 대략 즐기고 있는 거로도 보였다.

이렇게 잘 준비된 돈은 기다리고 있던 다른 분에게 바로 넘겨지는데 그 다른 분이란 대부분 그 동네 시장 상인들. 일숫돈을 얻으러 오신 분들로 어떤 담보를 받고 차용증 쓰고 일수책 만들고 돈을 넘겨주는 과정이 진행되었다.

사장님은 그분들이 가시고 나면 가끔 한마디씩 혼잣말같이 읊조리는데,

"저 양반들은 돈을 개 같이 쓰니깐 돈들이 다 도망을 가는 거. 나는 신주 모시듯 돈에 정성을 다하니깐 돈들이 다들 내게 다시 오려구 하지! 암~."

나는 그때 배운 교훈대로 지금도 돈을 되도록 지갑에 차곡차곡 잘 넣고 다닌다. 꾸기거나 더군다나 잘 접지도 않는다! 이렇게 배운 보람은 있는데 돈은 별로 못 버네. 쩝!

이 일숫돈이라는 게 신기방통한 것이 이자가 상당히 고금리인 것도 당연하지만, 예를 들어 백 개 구좌의 돈을 만 원씩 걸으면 백만 원이 되고 이걸 바로 순서를 기다리고 있는 한 구좌로 대출을 내보내면 내일은 102개의 구좌가 되고 만 원 남고, 그 다음날은 103개의 구좌가 되고 이만 원 남고, 그렇게 14일째가 되면 115개의 구좌에 그 남은 돈이 백만 원으로 모여 또 한구좌가 생겨서 117개의 구좌가 되더라는 것.

내 계산이 맞는지는 모르지만 암튼 이 돈은 절대 다른 용도로 전용하지 않고, 그 범주 안에서 돌고 돌아서 구좌가 하루가 다르게 기하급수적으로 불어나니 어린 마음에 참으로 신기하였고 돈이 돈을 번다는 말이 실감 났었다.

그런데 사장님의 일수놀이는 그야말로 놀이 같은 또는 기본 가락이었고 진짜 목돈 벌기 노하우는 따로 있었는데 주로 창업자금으로 큰돈을 빌려주는 것이었다.

한번은 손님들이 자금을 받아 가시는 과정을 옆에서 지켜보게 되었는데 신기하고도 이해 못 할 상황이었다.
그 사업 얘기가 시장통에다가 대형 술집을 차리는 건데 거긴 나도 잘 아는 곳이었고 무얼 해도 절대로 잘되는 꼴을 못 본 곳이었기에 내 입장에서 보기엔 무모한 도전이었다.
그런데 그런 사실을 모를 리 없는 사장님이 너무도 쉽게 돈을 빌려주는 것이 이상한 노릇이었다.

사장님은 고개를 갸우뚱거리며 의아해하는 나를 보더니, "다 알아 이놈아!" 하는 표정으로 뒤통수를 툭툭 치면서, "저 양반들 사업이 성공을 하게 생겼냐?" 물었다.

"글쎄요? 그걸 제가 어찌 알겠습니까? 사장님 보시기엔 성공하게 생겼나요?" 하고 되물었더니만, "난 실패하게 생겼으니 돈을 빌려줬지!" 라고 답하고는 휑하니 나가셨다.

그것이 대화의 전부였다! 거참! 아리송해서 사장님의 운전기사 아저씨에게 물으니 친절히 자세한 설명을 해 주었다.

"사장님은 무서운 사람이다! 절대로 손해 보는 장사 안 하지! 그 술집이 잘되면 이자 잘 받아서 성공이고, 잘 안돼서 망하면 그 가게를 인수하는 거니까 더 성공이고 그런 거야! 그런데 이자나 받아 챙기기 보다는 헐값에 그런 가게 하나를 꿀꺽하는 게 더 성공인 거고. 사장 님은 그렇게 해서 이 시장통 건물 대부분을 소유했다가 제값 받고 되 팔고 하는 짓을 반복하고 있는 거야! 사실 어제 그 가게도 인수했다가 되팔기를 벌써 몇 번이나 했을걸!"

역시 나중에 들으니 그해를 못 넘기고 겨울에 그 술집은 망했더 란다.

여름 방학이 끝날 무렵 두 달 남짓 알바한 대가치고는 상당한 보수 를 받았다. 원래가 얼마를 받기로 약정을 한 건 아니지만 내가 예측한 것보다 상당히 많은 액수였다. 다림질을 열심히 해서 기특하다며 주셨다나 모라나. ㅎ.

근데 기분이 째지기보다는 찜찜했다.
왜 그랬을까?

슬기로운 병원 생활 #9

입원 생활 막바지에 바이러스에 감염이 되었고, 고열과 오한으로 혼수상태로 격리 병동에 옮겨졌다.

격리 병동은 일반 병동과 다른 점이 많지만 그중에서도 제일 특별한 것 하나는 병실에 성별구분 없이 남녀 환자가 함께 입원하게 될 수도 있다는 것.

'밤새 안녕'이란 말이 있다.

내가 처음 입원했을 때 팔순의 할머니가 4인실 창가에 먼저 홀로 입실해 계셨고 매우 위중한 상태로 보였는데 내가 입실한 지 이틀 만에 사망하셨다.

같은 병실이라도 커튼으로 가려져 있어 가족들까지도 거의 일면식도 없었으나 그래도 같은 공간에 계셨던 분인데 이런 황망한 경험은 처음이었고 어리벙벙한 상태로 며칠이 지났다.

「이별의 부산정거장」이란 노래가 있다.

보슬비가 소리도 없이 이별 슬픈 부산정거장
잘 가세요 잘 있어요 눈물의 기적이 운다

한 많은 피난살이 설움도 많아
그래도 잊지 못할 판잣집이여
경상도 사투리에 아가씨가 슬피 우네
이별의 부산정거장

이 노래는 우리 세대 누구나 잘 아는 노래이고 나 어릴 적 우리 할머니 18번 노래였다

그러나 우리 할머니는 원래의 노래 가사는 일절 무시하고 이 노래의 멜로디만을 따서 희한한 가사로 개사하여 불렀다.

"가기 전에~ 떠나기 전에~ 가기 전에 떠나기 전에."

가사도 멜로디도 끝없이 이 한 소절의 무한 반복이었고, 어린 나는 원래 이 노래가 이런 줄 알았다.

할머니는 아싸리한 성격 대단하신 분이셨는데 음식이면 음식, 바느질이면 바느질, 할머니가 하시는 일은 뭐든지 똑소리 난다는 얘기를 많이 듣고 자랐다.

실험 정신이 투철하셔서 별별 음식 실험을 많이 하셨는데, 각종 짠지나 젓갈 그런 것들을 이런저런 시도로 개량하여 만들어 내시고는 주변 사람들에게 맛보이시는 게 낙이셨다. 내 기억으론 항상 히트(?) 치시고 늠름하게 비법을 전수하셨다!

그 음식들 대부분의 콘셉트는 '개운한 맛'이었고, 그땐 몰랐는데 나이가 들어보니 문득문득 그 맛이 기억나고 그립다.

한번은 눈이 많이 내리던 어느 겨울날 동네 노가다 아저씨들 몇 사람을 부르시더니 막걸리 한 주전자를 하사(?)하시고는 큰 눈사람을 만들도록 명령하셨다.

아저씨들은 우리집 앞에 동네에서 엄청 큰 눈사람을 만들어 놓고 가셨으며, 그 눈사람은 다음해 봄이 올 때까지 동서남북 터널까지 뚫고 놀았던 막강한 내 개인 놀이터가 됐다!
우리 할머니다운 건설 역작이자 내가 할머니께 받은 최고의 선물이었다.

할머니는 자주 친구분들을 불러 노셨는데, 막걸리 한 주전자를 뚝딱 비우고 나면 우리집 귀한 손주인 내 고추를 자랑하시느라 보여주면 십 원, 만지면 이십 원 수금도 해주시고 그 대가로 내게 노래를 시키셨는데,

1. 남진의 가슴 아프게
2. 학교 종이 땡땡땡
3. 더 이상 레퍼토리가 없었다!

그러면 나도 모르게 문득 노래 하나가 생각나서 "가기 전에~ 떠나기 전에~."를 흥얼거리게 되고 할머니들이 모두 일어서 함께 노래 부르며

201

덩실덩실 어깨춤을 추시기 시작했다.

단체 군무에 이어 개인전 댄싱이 선보이며 공옥진의 병신춤, 승무, 살풀이, 화관무. 나는 어릴 때 공짜루 그 공연들을 다 보았다.

이제 마무리로는 대합창이 전개되어 "가기 전에~ 떠나기 전에~~." 끝도 없이 반복되는 그 단순한 가사가 원래의 멜로디와 어우러져 슬프기도 하고 흥겹기도 한 아름한 축제 분위기가 연출되곤 했었다.

대학 시절 막걸리 마시고 젓가락 두드리며 고래고래 노래 부르던 시절 내 18번은 이 노래였는데 나도 술에 취하면 가사를 일절 무시하고,

"가기 전에~ 떠나기 전에~~."

그렇게 부르곤 했었나보다.

나는 할머니의 노래 그 뜻을 아는데 참으로 많은 세월이 걸렸다.

슬기로운 병원 생활 #10

　어느 날 난데없이 암환자가 된 나는 방광을 들어내고 인공 방광을 장착한 큰 수술이 있었고 우여곡절의 기나긴 병원 생활을 청산하고 드디어 퇴원했다. 이제는 아무리 병원 밥이 맛나도 제발 집 밥만 먹으며 살고 싶다.

　한편 그 기간 나의 투병생활과는 전혀 상관없이 우리나라는 물론 전 세계가 들썩들썩 했었나보다.

　트럼프와 김정은이가 벌이는 이벤트에 온 세계 방송이 벌집 쑤신 듯 들썩이고, 지방 선거와 개표 상황에서 유례없는 선거결과 때문에 온 나라를 들었다 났다 한 것 같고, 기다리고 기다리던 러시아 월드컵이 개막되어 밤잠 못 자는 열기로 가득했던 것 같다.

　나는 8시간 만에 마취에서 깨어 며칠간 비몽사몽 해롱거리다 오랜만에 폰을 켜 보았더니 각종 문자는 물론, 페이스북, 밴드, 카톡 등 SNS 잔재 부스러기들이 난리난리 블루스를 추고 있었다.

　그 엄청난 양을 차마 살펴볼 엄두가 나질 않아 몽땅 쌩까고 날려버려야 했고 이제부터 오롯이 병원 울타리 내에서 이 세상과 완전 담쌓고 보내야 할 것 같았다.

그런데 입원 전 거하게 몸보신까지 시켜 준 여러 친구들이 있었던 것처럼 이런저런 소식통으로 친구들과 지인들이 매일매일 병문안을 찾아와 주었고 그 정성에 감동의 물결이 쓰나미와 같았다.

퇴원 전 시원섭섭(?)한 마음에 도서관에 들러 내가 쓴 책 한 권을 기꺼이 기증하고 다음엔 병원 스토리 책을 내겠노라 다짐하며 쩔뚝이며 무사히 퇴원했으며, 집에 와서 이런저런 정산(?)을 해 보았더니 어느새 수많은 격려금 봉투가 쌓여 있었고 꽤나 많은 돈이 쏟아져 나왔다.

입원 중 내내 금식 기간이었으니 내가 먹으라는 건 아니었을 테고 우리집 박 여사 먹으라고 보낸 것 같은데, 음료수 세트와 빵과 케이크들이 제일 많았고 홍삼, 흑마늘 등 건강식품들, 장어 세트(?)도 있고 초밥 도시락도 있고, 각종 생과일과 말린 과일 등 종류도 다양하고 양도 상당하다.

다 고마운 빚이려니. 이제 제2의 인생(?)을 삶에 있어 평생 감사함의 원수를 갚아가며 착하게 살아가야 할 듯하다. ㅎ.
감사한 마음에 염치 불고하고 주변의 시선도 아랑곳하지 않고 되는 대로 일일이 인증샷을 찍어 두었다.

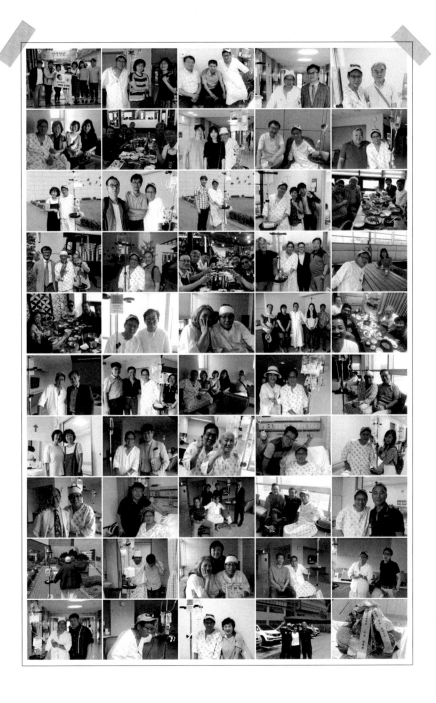

Ⅲ. 일상 이야기

애매한 분위기상 또는 깜박하여 사진 찍지 못한 방문객도 여럿이 있어 많이 아쉽고 얼떨결에 미처 사진을 찍지 못한 써니+천화대 님 부부, 산너울 님 부부, 방현석+효광 부부, 인하+정란 부부, 전광석, 최상철, 신석호, 김태철, 김경환, 광희 아빠, 용철이 부부, 영립, 혁철 등등. 사진은 없지만 잊지 않으리.

시간을 정리하고 이 글을 쓰면서 이 포스팅이 병문안 못 오신 분들께 혹시라도 부담을 드리게 되는 건 아닐까 하는 쓸데없는 걱정도 잠시 하였으나 까짓것 상관없으시기를 바라기로.

사실 비뇨기과 병문안 풍경이 그리 향기롭지 못하기에 많은 친구들에게 병문안 자제를 사전에 적극 당부했었고 앞으로 함께 살아갈 날이 많으니. 이만.

짱똘 구르는 소리 ver 2.0